KB188573

대리인

대리인

차례

대리인

서류 봉투를 뜯었다. 같은 서류인데도 목적이 바뀌어 있었다. 적발하는 것이 아니라 감추기 위해서였다. 눈은 서류를 보고 있는데 글자가 눈에 들어오지 않았다. 한글인데도 읽히지가 않았다. 나는 눈을 감았다가 다시 떴다. 글자가 보였다. 아니, 정확하게는 글자의 그림자였다. 글자에서 그림자가 떨어져 나와 안개처럼 글자 위에 떠 있었다. 떠다니던 그림자들이 먹구름으로 변했다. 금방이라도 그림자들이 비로 변해 사무실 바닥으로 떨어질 것 같았다.

나는 서류를 챙겨 감사팀장실을 찾았다. 발목에 모래주머니를 매단 듯 발걸음이 무거웠다.

"이런 경우 안다만이나 비케이, 힐스는 탈세와 돈세탁을 목적으로 한 페이퍼 컴퍼니일 가능성이 많습니다. 우선 국내 법인의 대표를 찾고 역으로 그 법인에 대출을 해 준 지점을 파악하면 해결할 수 있습니다."

감사팀장은 서류를 눈으로 대충 훑어보며 저녁에 술이나 한잔하자고 했다. 퇴근 시간에 문자 메시지가 왔다.

시크릿. 7시.

그리고 주소가 보였다.

문을 열자 홀이 나타났다. 긴 테이블을 따라 한 명씩 앉을 수 있는 의자가 놓여 있었다. 흰 와이셔츠에 나비넥타이를 맨 삼십 대 중반 정도의 남자가 나에게 다가왔다. 감사팀장의 이름을 말하자 남자는 홀 끝으로 가서 벽처럼 보이는 곳에 노크를 했다. 문이 열렸다. 룸 안에는 팀장과 양복 차림의 오십 대 초반의 남자가 앉아 있었다.

연거푸 두 잔을 마셨다. 목이 따끔거리면서 술이 식도로 내려가는 것이 느껴졌다. 팀장이 빈 잔에 위스키를 따르면서 말했다. 이게 엘리자베스 2세의 즉위를 기념해서 만든 술이야, 나는 고개를 끄덕이면서 잔을 잡고 목을 젖혔다.

"아, 소개하지. 역동 지점의 하 지점장이야."

나와 악수를 한 후 지점장이 나의 잔에 술을 따르면서 한마디 했다. 이 술은 또한 왕에 대한 경례를 의미해, 끈적이는 눈길이 따라붙었다. 나는 지점장의 눈을 피하지 않았다.

"윤 과장, 행장님이 관심을 가지고 승인한 해외 투자야. 그냥 모른 척하고 있어. 아, 해외투자전략 본부장님은 잘 계셔?"

지점장은 말하면서 혀로 윗입술을 빠르게 닦았다. 날름거리는 뱀의 혀를 본 것 같았다. 나는 지점장에게 아무런 말도 하지 못했다. 감사팀장과 지점장의 눈빛을 온몸으로 받고 앉아 있을 뿐이었다.

국내 법인인 월드와이드는 호주 현지 시행사인 랜드매니지먼트에 천팔백억을 주면서 공사를 맡겼다. 랜드매니지먼트는 싱가포르에 본사가 있는 안다만디자인컨설팅에, 안다만은 푸켓에 있는 비케이골프앤레저 회사에, 비케이는 케이만 군도에 주소가 있는 힐스

리조트에 하청을 주었다. 정작 리조트 공사 현장은 부지만 닦아 놓은 상태로 머물러 있었다. 내가 호주 현지 시행사인 랜드매니지먼트 본사를 찾아갔을 때 대표는 출타 중이고 여직원 한 명만이 빈 사무실을 지키고 있었다. 현장 실사를 나왔지만 사실이 아니길 바랐다. 하지만 이번에는 헛웃음만 나왔다. 막대기에 사람 옷만 칭칭 감아 놓은, 새들도 속지 않는 허수아비를 보고 온 느낌이었다.

일 년 전에 감사팀장의 만류에도 불구하고 불법대출 건을 적발하여 조사를 밀어붙인 민수 선배가 생각났다. 결국 지방으로 발령이 났고 한 달 전에 사직서를 제출했다는 말을 들었다.

뉴질랜드 은행을 주목해. 민수 선배의 송별회 날이었다. 비틀거리는 몸으로 택시를 타면서 내게 한 말이었다. 눈동자에 힘이 들어가 있었다. 당시 민수 선배가 조사한 사건은 뉴질랜드에 대규모 주상 복합 빌딩을 짓는 사업이었다. 현지 시행사는 뉴질랜드 교민인 사업가가 대표로 있는 회사였다. 은행은 국내 법인을 통해 뉴질랜드 시행사에 대출하고 시행사는 현지 금융 기관의 수익 증권을 매입하며 이를 담보로 다시 은행으로부터 대출을 받는 방식이었다. 현지 금융 기관이 로열오브뉴질랜드뱅크였다. 문제는 담보로 잡은 수익 증권이 해지되어 있었다. 또한 토지 근저당도 임의 해지된 상태였다. 시행사 대표는 일반 투자자들의 분양금까지 가지고 행방불명되었다. 여기까지는 전형적인 부동산 투자 사기였다. 그런데 문제는 우리의 태도였다. 은행에서는 담보 해제도 뒤늦게 알게 되었으며 현지 시행사가 은행 담당자의 이메일과 서명을 도용하여 해제한 것으로 주장하며 은행도 피해자라는 관점을 취했다. 몇 번이고 반복되던 민수 선배의 술자리 단골 레퍼토리였다.

"그런데 정말 이상한 것은 우리는 대출해 준 이백억을 찾기 위한 아무런 조치도 하지 않는다는 사실이야."

민수 선배는 이 말로 일명 뉴질랜드 사기 사건의 이야기를 끝맺었다.

핸드폰 벨 소리가 울렸다. 감사팀장이 전화를 받았다. 네, 네, 알겠습니다, 라고 말하고 전화를 끊었다. 팀장은 자리에서 일어나면서 하 지점장과 악수를 하고 나를 보면서 함께 가자고 했다. 택시를 타고 이십 분 정도 달려왔다. 서울 시내에 이런 곳이 있었나 싶을 정도로 한적한 숲속이었다. 한옥에는 청사초롱이 켜져 있었다. 한복을 입은 젊은 여성이 입구에서 일행을 안내했다. 바깥채를 지나 안채로 갔다. 미닫이문을 열자 안에는 벌써 술판이 벌어져 있었다.

수석부행장이 가운데 앉았고 양옆으로 해외투자 전략 본부장과 처음 보는 오십 대 중반의 남자가 보였다. 수석부행장이 술 주전자를 들고 낯선 남자에게 술을 따르는 중이었다. 나는 오랜만에 본부장의 얼굴을 보았다. 그는 나의 고등학교, 대학교 선배였다. 입사 초기부터 그는 각별히 나를 챙겼다. 지방 소도시에서 같은 학교를 거쳐 같은 회사에 근무하는 게 보통의 인연은 아니라고 했다.

그러고 보면 내가 감사팀에 온 것도 본부장의 입김이었다. 입사 동기들 중에는 이런 나를 부러워하는 축도 있었다. 갖고 싶어도 갖지 못하는 라인이라는 이유였다. 본부장은 낯선 남자에게 나를 소개했다. 그는 금융감독원에서 나왔다고 했다. 수석부행장이 금감원에서 나온 남자에게 물었다.

"송 국장, 우리 사업 건은 크게 문제될 건 없겠지?"

"그럼요. 정부의 해외 투자 정책에 협조하는 건데, 오히려 표창을 줘야죠."

하하, 수석부행장과 송 국장이 함께 큰 소리로 웃었다. 본부장이 눈짓을 하자 한복을 곱게 차려입은 아가씨들이 각각의 옆자리에 앉았다. 나는 옆에 앉은 여성이 하얀 사기 주전자에서 따라 주는 술을 마셨다. 아까 먹은 위스키보다 더 독했다. 식도가 타 들어가는 느낌이었다. 몇 잔을 더 마셨다. 띄엄띄엄, 대화들이 섞여 들려왔다.

다른 데서는 몇 조씩 해 처먹는데, 우린 고작 일조, 무슨 저축 은행도 아니고⋯⋯, 걱정 마시라니깐요, 어차피 이번 정권 끝나면 흐지부지돼요, 내년이면 벌써 대선 정국으로 들어갈 거고⋯⋯. 장관님과 서 의원님도 아시니깐, 이따 적당히 좀 챙겨 드리고, 아, 비에이치에 계시는 이 수석님도 도와주시고 있습니다.

나는 귀를 의심했다. 단순한 은행 내부의 부당 대출이 아니었다. 본부장이 나에게 손짓을 하면서 말했다. 윤 과장, 이리 와서 술 한잔 받아. 본부장은 내 잔에 술을 따르며 송 국장에게 말했다. 이번에 실무에서 우리를 도와줄 직원입니다, 제가 친동생같이 아끼는 고향 후배입니다. 송 국장은 고개를 끄덕이며 나와 눈을 맞췄다.

"잘 부탁드립니다. 감사팀의 윤영식 과장입니다."

나는 무릎을 꿇고 송 국장의 빈 잔에 술을 따랐다. 그 광경을 지켜보던 수석부행장이 윤 과장, 내년에는 차장 달아야지, 라고 말하면서 나의 어깨를 툭, 쳤다.

감사팀장과 나는 한옥에서 제공한 승용차를 타고 다시 시내로 나왔다. 팀장이 나에게 조금 걷자고 했다. 오늘 들어서 알겠지만 우리는 뒤처리나 잘하고 떨어지는 콩고물이나 챙기자며 나를 바라봤다. 내가 눈치를 챘다고 하니까 본부장이 오늘 이 자리에 데리고 나오라, 고 했으며 곧 하 지점장이 수고비를 챙겨 줄 것이니 받으라고 했다. 대신 어느 누구도 눈치채지 못하게 완벽하게 서류 정리를 하고 실사를 나와도 걸리지 않게 하라며 당부했다. 다음 주에 호주 출장 좀 다녀와, 라고 말하며 감사팀장은 멀리서 오는 택시를 세웠다.

아침부터 속이 좋지 않았다. 식도 어딘가에 묵직한 게 걸려 있는 느낌이었다. 헛구역질이 계속 나왔다. 안

먹던 술을 마셔서 그런가 싶었다. 나는 머리를 좌우로 흔들었다. 눈에 힘이 없었다. 앞을 바라보았지만 사물이 선명하지 않았다.

"불러도 대답도 없고, 왜 이렇게 멍하게 있어?"

감사팀장이 나의 어깨를 치면서 말했다. 그는 두툼한 서류 봉투를 앞으로 내밀었다. 이거, 하 지점장이 보내온 서류들인데, 그러면서 목소리를 줄이면서 자세를 낮추었다. 좀, 허술하지? 급하게 추진해서 그래. 이번 주에 검토하고 다음 주에 호주 가서 보완해, 라고 말했다. 호텔에 있으면 월드와이드 대표가 찾아올 거야, 라며 비행기표를 서류 봉투 위에 놓았다.

감사팀장이 가고 난 후 나는 후우, 한숨을 길게 쉬었다. 서류 봉투를 뜯었다. 같은 서류인데도 목적이 바뀌어 있었다. 적발하는 것이 아니라 감추기 위해서였다. 눈은 서류를 보고 있는데 글자가 눈에 들어오지 않았다. 한글인데도 읽히지가 않았다. 나는 눈을 감았다가 다시 떴다. 글자가 보였다. 아니, 정확하게는 글자의 그림자였다. 글자에서 그림자가 떨어져 나와 안개처럼 글자 위에 떠 있었다. 떠다니던 그림자들이 먹구름으로 변했다. 금방이라도 그림자들이 비로 변해 사무실 바닥으로 떨어질 것 같았다.

"과장님, 이 기사 좀 보세요."

김 대리가 메신저로 보낸 링크의 주소를 클릭했다.

'전 ○○은행 감사과 차장 정○○(43) 씨 자살'

굵은 글씨의 제목이 보였다. 사흘 전 가족들에게 자살을 암시하는 문자를 남기고 실종된 정○○(43) 씨의 승용차가 충남의 한 저수지 근처에서 발견되었다는 내용이었다. 보조석에 연탄을 피운 흔적이 있고 문이 잠겨 있었으며 유서는 발견되지 않았다고 했다.

구역질이 나면서 신물이 넘어왔다. 나는 입을 막고 화장실로 뛰어갔다. 변기 커버를 올리고 웩웩거렸다. 나올 듯하면서 침만 고였다. 몇 번을 반복하다가 손가락을 목구멍 속으로 집어넣었다. 우웩, 어제저녁에 먹은 술과 안주였다. 한번 쏟아내고는 더 이상 나오지 않았다. 눈물이 났다. 변기 커버를 내리고 그 위에 앉았다. 눈물이 계속 흘러내렸다. 허벅지 부위의 바지가 어느새 축축해졌지만 눈물은 멈추지 않았다.

"한번 가야지? 크루즈 타고 가서 갈라파고스거북이 할아버지께 인사나 하고 오자."

민수 선배의 음성이 들렸다. 내 컴퓨터 바탕화면의

사진을 보고 민수 선배가 한 말이었다.

"나는 그랜트 핀치가 보고 싶은데."

그게 뭐냐, 는 질문에 나는 언젠가 읽은 책의 내용에 대해 말했다.

"갈라파고스 섬에 거주하면서 핀치의 부리를 조사한 그랜트 부부가 있어. 섬 안에 있는 모든 핀치를 잡아 크기, 부리 치수, 생년월일, 가족 관계, 교미 횟수 등을 기록하고 심지어 지저귀는 소리까지 녹음했어. 이렇게 사십 년을 조사하니까 섬 안에 있는 모든 핀치를 구별할 수 있었고 족보까지 외울 수 있었다고 해. 이종교배로 서서히 모양이 달라지는 핀치에 주목했고 추적한 지 몇 세대 만에 기존의 핀치와는 완전히 다른, 생물학적으로 새로운 종을 발견했다고 학계에 보고했어."

"이종교배로 태어난 종은 열성이라 생식 능력이 없어."

민수 선배가 끼어들면서 덧붙였다.

"사자와 호랑이의 잡종인 라이거나 말과 당나귀의 잡종인 노새는 모두 일세대에서 끝났잖아."

"나도 그런 줄 알았는데 그 라이거와 수컷 사자 사이에 이세대 잡종인 릴리거가 태어났다는 보고도 있어. 유전학의 발전뿐만 아니라 자연 상태에서는 환경적으로 강한 외부적 충격이 있으면 가능하다는 논문도 있어."

"잡종들의 탄생과 대를 이은 지속이군."

민수 선배의 비꼬는 말투를 듣고 싶었다. 눈물은 더이상 나오지 않았다. 민수 선배의 얼굴이 떠오르지 않았다. 말과 말투는 기억이 나는데 얼굴이 흐릿했다. 고개를 드는데 화장실 손잡이 주변에 무언가 흐릿한 것이 어른거렸다.

'낙하산 행장, 당장 물러가라' '투명경영, 개X이다!' '해외 자원 투자, 너나 잘하세요' '평생 OOO 똥꼬나 할아라' 등의 글자가 눈에 띄었다. '할아라'가 맞나, 순간 의문이 들었다. 호주머니를 뒤적였다. 양복상의 안주머니에서 볼펜을 찾아 '할'에 크게 엑스를 했다. 그밑에 '핥'이라고 적었다. 통쾌하지가 않았다. 나는 문에 달라붙어 글씨를 적기 시작했다. 거기에 있는 글씨보다 가장 크게 적었다. 인간 잡종의 탄생! 글씨 위에 한번 더 덧칠해서 적었다. 진해졌다.

'자연한상'이라는 뷔페식당이 보였다. 며칠 전 아내

가 처형과 저녁 식사 약속을 잡았다며 퇴근하고 바로 오라는 곳이었다. 문을 열고 가족들을 찾느라 두리번 거렸다. 멀리서 아빠닷, 소리와 함께 지아가 일어나서 뛰어나왔다. 여섯 살짜리 아이가 사람들과 부딪히지 않을까 걱정했지만 지아는 멈출 때 멈추면서 내게로 뛰어왔다. 펄쩍, 지아를 안았다. 뽀, 하자 지아는 내가 내민 입술에 앙증맞은 입술을 갖다 대었다. 누군가 뒤에서 내 어깨를 쳤다. 해외투자전략 본부장 부부였다. 가볍게 인사를 하고 아내가 있는 테이블로 걸어갔다.

"형부는 점점 젊어지시는 것 같아요."

아내가 본부장에게 인사를 하면서 말했다. 처제는 점점 예뻐지네, 라면서 서로 웃었다. 본부장 사모가 아내의 이종사촌 언니였다. 입사 때부터 지금의 본부장과 지연과 학연으로 얽히면서 자연스럽게 본부장 집을 드나들었다. 은행에서 함께 회식을 하면 흐느적거리는 본부장을 부축하여 안방에 눕혀 준 적도 여러 번이었다. 주말이면 산을 좋아하는 본부장 부부와 함께 등산을 하기도 했다. 그러던 토요일 저녁이었다. 함께 식사나 하자며 집으로 불렀다. 아는 후배인데 둘이 잘 어울릴 것 같아서, 라며 본부장 사모가 지금의 아내를 소개했다. 수수하게 웃는 모습이 마음에 들었다.

본부장 부부는 주로 전복을 가지고 왔다. 내장이 몸에 좋다면서 처형이 내 접시에 전복을 하나 건넸다. 씹히는 식감이 나쁘지는 않았다. 내장은 먹고 싶지 않았지만 처형이 바로 앞에 있었다. 입에 털어 넣고 두 번 씹는 척하다가 꿀꺽, 삼켰다. 비릿한 냄새가 올라왔다. 아내는 아이들 준다며 즉석 코너에서 바로 구운 스테이크를 받아 왔다.

"여보, 뉴질랜드에서 방목한 소래. 풀을 먹고 자라 칼로리가 낮고 콜레스테롤이 적대."

아내는 말하면서 아이들 접시에 한 조각씩 나눠 주었다.

식사를 마칠 즈음 본부장이 담배나 한 대 피우러 밖으로 나가자고 했다.

"엊그제는 당황스러웠지? 네가 어떻게 생각할지 몰라 미리 말하지 못했어."

"네. 이해하지만 솔직히 뭐가 뭔지 모르겠어요. 조금 혼란스럽네요."

나는 본부장이 입에 문 담배에 불을 붙여 주면서 말했다.

"시키는 대로만 하면 너까지 다치는 일은 없을 거야. 이 일이 잘 마무리되면 차장으로 승진도 할 거고."

본부장은 담배 연기를 내뱉으며 멀리 하늘을 쳐다봤다.

"내가 살아 보니까 인생은 결국 선택의 문제였어. 요즘 아이들 말로 낄끼빠빠야. 낄 때 끼고 빠질 때는 확실히 빠져야 돼."

본부장의 뒷말이 음식 냄새에 섞여 식당을 맴돌았다.

민수 선배였다. 헝클어진 머리카락에 알이 깨진 안경, 찢어져서 회색 솜이 보이는 패딩 점퍼를 입고 나를 향해 손을 젓고 있었다. 입술을 중얼거렸지만 목소리는 들리지 않았고 다만 그 입술의 움직임이 남았다. 그러지 마, 그러지 마……. 무슨 말이냐고 물었지만 민수 선배는 미간에 주름이 잡힌 얼굴로 나를 쳐다봤다. 얼굴빛이 유난히 까맣게 보였다.

지하도였다. 돌아서서 걸어가는 민수 선배의 뒷모습이 보였다. 아니, 선배의 그림자였다. 선배의 키 절반만 한 그림자가 앞과 뒤, 오른쪽과 왼쪽에 네 개가 있었다. 꿈속에서도 그림자가 보이네, 라고 나는 생각을 한 것도 같았다. 순간, 네 개의 그림자가 쭈욱, 쭉 길어졌다. 그리고 서로 엉키더니 순식간에 블랙홀 같은 어둠을 만들어냈다. 민수 선배는 그 속으로 빨려들어 사라졌다. 선배, 하고 부르는데 그 어둠이 내 앞으로 확, 다가왔다. 서늘한 기운이 느껴지면서 머리카락이 쭈뼛, 섰다. 영식아, 살려 줘, 라고 외쳤다.

나는 선배를 부르며 잠에서 깼다. 축축했다. 베개가 땀에 흥건히 젖어 있었다. 갈증이 났다. 거실에 나가 냉장고에서 생수병을 꺼내 벌컥벌컥 마셨다. 옷소매로 이마의 땀을 닦으면서 소파에 앉았다.

대개는 꿈을 꾸어도 깨고 나면 기억이 나지 않았다. 하지만 이번에는 너무나 생생했고 그 느낌까지도 생각이 났다. 다시 으스스 팔에 소름이 돋았다. 그렇게 한참을 소파에 웅크리고 있었다. 안방 문이 열리면서 아내가 잠옷 바람으로 나왔다.

"여보, 거기서 뭐 해?"

"응, 잠이 깼어. 애들 얼굴 좀 보려고."

나는 소파에서 일어나 아들들이 있는 방으로 들어갔다. 이층 침대가 보였다. 쌔근거리는 아이들의 숨소리가 들렸다. 올해 초등학교에 입학한 둘째가 일층에서 자고 있었다. 삼월 한 달 동안 학교 가기 싫다며 등교 시간마다 버둥거리며 떼를 썼다. 방학이 가까워진 지금은 방학이 없었으면 좋겠다고 했다. 친구들과 노는 게 재미있단다. 나는 혼자 웃으며 둘째의 머리카락을 쓰다듬었다. 첫째의 침대 옆에는 책이 놓여 있었다. 아마 읽다가 잠든 모양이었다. 요즘은 세계 위인 전집에 빠져 있다. 슈바이처를 읽으면 의사가, 링컨을 읽으면 대통령이 될 거라고 했다. 나는 조용히 방문을 닫고 나왔다. 어제도 지아는 아빠를 기다리다가 잠들었을 것이다. 부쩍 아빠를 찾았다. 혼자 자는 게 무섭다며 안방에서 자는 날이 더 많았다. 유치원에서 있었던 일을 그 조그만 입으로 말하는 것을 좋아했다.

출근하려고 현관문을 여는데 햇빛이 얼굴을 덮쳤다. 눈을 감았다가 뜨자 머리가 아팠다. 처음에는 오른쪽 머리 윗부분을 바늘로 찌르는 것 같은 통증이 왔다. 툭툭거릴 때면 나도 모르게 얼굴이 찌그러졌다. 짧게는 십 초, 길게는 이삼 분 정도 지속되다가 사라졌다. 머릿속에 조그만 바늘이 돌아다니다 내키는 대로 막 찔러대고 있는 것 같았다.

　머리통을 갈라서 바늘을 콕, 핀셋으로 집어내고 싶었다. 출근하자마자 팀장에게 병원에 다녀오겠다고 말하고 택시를 탔다. 대학 병원의 의사에게 머릿속의 바늘에 대해 이야기했다. 알겠다며 검사부터 하자고 했다. 엠알아이를 찍었지만 바늘 같은 것은 없었다. 혈관의 넓이도 지극히 정상적이라고 했다. 그러면서 신경성일 것 같다며 의사는 건조하게 말했다. 진료실의 하얀 벽이 수분을 흡수하는 듯 나는 입 안이 까칠해지면서 침이 말랐다.

　병원 밖으로 나왔다. 훅, 열기가 얼굴을 덮쳐 왔다. 끈적끈적한 공기가 몸에 달라붙었다. 이마 윗부분에서 통증이 느껴졌다. 얼굴을 찌푸리는데 약간 어지러웠다. 실내보다는 밖에 나오니 두통이 더 심해졌다. 택시를 잡기 위해 걸음을 옮겼다. 누군가 나를 뒤에서 잡아당겼다. 누구지? 뒤를 돌아보았으나 아무도 없었다. 다시 걷기 시작했다. 어, 이번에는 목덜미 쪽의 셔츠 윗부분을 누군가 손가락으로 잡아당겼다. 나는 반사적으로 뒤돌아섰다. 아무도 없었다. 아악, 소리를 질렀다. 갑자기 앞머리를 바늘이 아니라 칼로 긋는 것 같은 통증이 느껴졌다. 거리를 걷던 사람들 서너 명이 쳐다봤다.

나는 손을 앞머리에 댄 채 눈을 감고 잠시 서 있었다. 통증이 여운을 남기면서 서서히 잦아들었다. 살며시 눈을 떴다. 다섯 시 방향에 뭔가 어른거리는 물체가 보였다. 고개를 돌리니 그 물체도 따라 움직였다. 그것을 보려고 몸을 뒤로 돌렸다. 어두운, 검정색의 물체도 뒤로 이동했다. 열한 시 방향에서 움직임이 느껴졌다. 다시 그 방향으로 몸을 돌렸다. 이번에는 세 시 방향에 서 있었다. 숨바꼭질 같았다. 나는 존재하지 않는 것을 찾아야만 되는 술래가 된 것 같은 착각이 들었다. 내가 하는 일이 숨바꼭질이었다. 사람들이 들키지 않게 꼭꼭 숨겨 놓은 것을 찾는 것이 일이었다. 세 개 정도의 서류를 교차 검토하면 대부분 허점이 나왔다. 그러면 실사를 나가서 확인하고 담당자를 불러 추궁하면 증거 앞에서 자백했다. 하지만 지금부터는 술래를 피해 머리카락도 하나 보이지 않게 숨겨야만 했다. 술래가 오더라도 찾지 못하게 위장을 하거나 아예 술래가 오지 못하는 곳으로 안전하게 숨어야만 했다.

역동 지점의 부당 대출은 민수 선배가 조사한 뉴질랜드 사기 사건의 확장판이었다. 주상 복합 빌딩에서 리조트 단지로의 변화였다. 국내 법인인 (주)월드와이드는 역동 지점에서 구백팔십억을 대출받았으니까 재무제표를 그 정도 규모의 회사로 바꾸고 현지 시행사인 (주)랜드매니지먼트는 로열오브뉴질랜드뱅크의 수익 증권을 매입하여 이를 담보로 대출받는 것으로 하면 기본적인 의심은 피할 수 있었다. 그리고 투자의 정당성을 확보하기 위해서는 신뢰할 수 있는 국제 투자 자문 기구의 보고서가 필요했다. 페이퍼 컴퍼니를 조금 더 다양하게 만들어 자금의 흐름은 로열오브뉴질랜드뱅크에서 더 이상 추적이 불가능하게 만들고 혹시 현지 실사가 나오면 현지인들을 고용하여 사무실이나 공사 현장이 활발하게 운영되는 것처럼 보여야 한다. 또 뭐가 있을까, 나는 머릿속이 복잡했다. 체크리스트를 만들어 하나하나 점검하면서 준비 가능한 서류부터 챙겨야 했다.

전화벨이 울렸다. 비서실입니다, 행장님 호출입니다, 지금 바로 오십시오, 또박또박 사무적인 말투에 명령이 가미되어 있었다. 행장의 얼굴은 발광 크림을 바른 것처럼 번들거렸다. 익숙하지 않은 향수 냄새도 진하게 났다. 악수를 하는 손바닥에도 향수가 배어 있었다.

"윤 과장, 해외투자전략 본부장과는 동서지간이라며? 아무래도 가족이 믿을 만하지. 아, 이번에 큰일 한번 같이 하지?"

무슨 말씀이신지, 라는 물음에 자리에 앉으라고 손짓했다.

"이번 인사 발령 때 하 지점장, 본점 자금관리 이사로 승진할 거야. 자네는 윤 차장? 하핫, 미리 축하하네. 아, 호주 간다며? 그건 다른 사람에게 적당히 코치 좀 해서 맡기고 자네는 볼리비아에 있는 다이아몬드 광산에 갔다 와. 그걸 우리가 살 거야. 아니지, 한국미래공사가 사는 거지. 하하."

그러면서 저녁에 해외투자전략 본부장이 자세하게 말해 줄 것이라고 했다. 행장은 공군 1호기를 타는 사람의 친구라고도 했다. 그래서 낙하산인가 싶었다. 행장이 부임하면서 해외 자원 투자 사업이 진행되었다고도 했다. 친구의 그림자인가, 그림자의 그림자, 그림자가 또 다른 그림자를 만들어내고 있었다. 나도 이런 식으로 그림자로 변할까 두려웠다.

고급 일식집이었다. 해외투자전략 본부장의 이름을 말하니 종업원이 방으로 안내하였다. 입구에서 가장 멀리 떨어져 있는 방이었다. 역동 지점 하 지점장과 내 나이 또래로 보이는 사내가 앉아 있었다. 사내는 술이 많이 취한 듯 보였다.

"김 부장, 일 년만 거기 가 있어. 그럼 금방 복직시켜 본점으로 부를게."

"아아니, 제가 뭐얼 잘못했어요. 시키는 대에로 했을 뿐인데, 왜에 해에고냐고요?"

지점장의 말에 김 부장이라는 사람이 대답했다. 혀가 꼬여 말이 늘어지고 있었다. 본부장이 거들었다.

"김 부장, 나를 믿고 조금만 기다려. 자네가 이렇게 희생하는 것까지 다 합쳐서 갚아 줄게."

그러면서 양복 상의를 집어 들고 나보고 일어서라는 눈짓을 했다. 복도로 나가 다른 문을 여니 흡연실이 보였다. 간이 의자 몇 개가 놓여 있고 가운데 재떨이가 보였다. 담배에 불을 붙이며 본부장이 말했다.

"이것도 해결 못 하고 지점장이 데리고 왔잖아. 역

동 지점 대출 담당 부장인데 이번 대출의 책임을 지워 일단 해고시키는 거야. 협력 업체 이사로 보냈는데 저렇게 징징거리네."

본부장의 얼굴은 순식간에 주름이 잡혔다가 다시 펴졌다.

"영식아, 볼리비아 같이 갈 사람들이야. 미리 얼굴이나 한번 보라고 불렀어. 실무진들끼리 할 이야기도 있을 거고. 이번 건만 잘 해결하자. 그럼 평생 돈 걱정 안 하고 살 수 있어. 이게 거의 일조짜리 프로젝트야."

본부장은 담배꽁초를 비볐다. 복도로 나와 오른쪽으로 돌아 다른 방문을 열었다. 앉아 있던 사람들이 일제히 일어났다. 저희 은행 윤 과장입니다. 잘 부탁드립니다, 하고 말하고 본부장은 다시 문을 닫고 나갔다.

세 명이었다. 선 채로 악수를 하며 통성명을 했다. 미래공사 이 차장, 매퀸시 한국 지점 배 부장, 그리고 선글라스를 끼고 있는 사람은 국정원의 박 부장이라고 했다. 내가 '국가정보원?'이라고 혼잣말을 하자 선글라스를 벗으며 나의 눈을 정면으로 응시했다. 스포츠머리에 다부진 체격이었다. 쳐다보는 눈길에 나도 모르게 움찔, 몸을 뒤로 뺐다. 손에서 땀이 배어 나왔다. 매퀸시가 먼저 말을 꺼냈다.

"자, 다금바리도 나왔는데 한잔씩 하시죠? 작년에 저희 본사에서 한국에 관심을 돌리면서 인천공항을 사려고 했는데, 아, 그놈의 여론 때문에. 지금도 아쉽네요. 그걸 만회하려고 이번에 저희 회사에서는 볼리비아에 있는 다이아몬드 광산에 투자하려고 합니다. 물론 전문가인 여러분들의 도움을 받아야 가능합니다."

그제야 나는 표창을 줘야 한다는 금융감독원의 송 국장 말이 생각났다. 미래공사 이 차장도 최근 정부의 정책이 해외 자원의 개발에 있다면서 각 나라에 있는 유전과 가스를 직접 사들이고 있다고 했다. 일이 잘되면 우리나라도 석유와 천연가스의 생산국이 될 수 있으며 이번에는 다이아몬드 생산국이라는 소리를 들을 수 있다며 목소리를 높였다. 띄엄띄엄, 대화가 이어졌다. 윤 과장님, 자금은 어떻게 잘 준비되고 있습니까, 매퀸시가 나를 보며 물었다.

"네, 저희들은 뉴질랜드와 호주 건, 그리고 다른 건과 합치면 일조 정도 됩니다."

나는 본부장의 말을 그대로 전달했다.

"네, 좋습니다. 미래공사도 그 정도 된다고 하니까

계획에 따라 이제 실행만 하면 됩니다. 알고 계시겠지만 다시 한 번 말씀드리겠습니다."

예상대로 매퀸시가 깊숙하게 개입하고 있었다. 매퀸시의 한국 지점장이 정권의 핵심 인물과 닿아 있다는 사실은 공공연한 비밀이었다.

"우리가 이조에 광산을 매입하고 일 년 후에 채산성과 근로자의 파업을 이유로 광산을 매각할 것입니다. 매각 비용은 오천억 예상합니다. 아, 윤 과장님, 현지 은행은요?"

"뱅크오브내셔널볼리비아인데 저희 은행의 남미 주거래 창구입니다. 이미 충분한 신뢰 관계가 쌓여 있습니다."

나는 조금 전 본부장에게 들은 내용을 말했다. 들으면서도 궁금한 게 있어 물었는데 대답을 하지 않았다.

"그럼 남은 차액금 일조 오천억은 어떻게 배분됩니까?"

내 질문에 매퀸시는 선글라스를 쳐다봤다.

"그건 이 자리에서 논의될 사항이 아닙니다. 나중에 윗선에서 결정할 문제입니다."

선글라스는 단호하게 말하면서 나를 쳐다봤다. 눈

빛이 서늘했다.

이야기가 어느 정도 마무리되자 선글라스가 술병을 들고 내 옆자리로 와서 앉았다.

"한잔 받으시죠? 저번 정 차장 일은 죄송하게 되었습니다."

무슨 말씀이신지, 라고 묻는 내 입술은 떨리고 있었다.

"저희들이 끝까지 말렸는데도 나쁜 선택을 하더군요. 저희도 어쩔 수 없었습니다. 돈을 싫어하는 사람도 있더군요."

최대한 내색하지 않으려 했는데 온몸이 화끈거리는 느낌이었다. 몸에서 열이 났다. 어금니를 깨물었다. 그런 나를 선글라스가 쳐다보고 있었다. 술상을 엎고 달려들어 선글라스의 얼굴을 갈기고 싶었다. 내 앞에 있는 젓가락으로 눈을 찔러 버릴까, 하고 생각하며 젓가락을 쳐다보는데 손이 떨려 왔다. 간간이 대화가 오고 갔지만 내 귀에는 민수 선배의 목소리가 들렸다.

"당연 넓고 굵은 부리지."

내가 했던 질문에 대한 대답이었다.

"갈라파고스에 오랜 가뭄이 들어 식물이 거의 말라

죽었어. 선인장 즙이나 곤충을 먹는, 부리가 얇고 뾰족한 핀치는 굶어 죽었어. 그런데 씨앗이나 열매를 먹는, 크고 넓고 굵은 부리를 가진 핀치는 살아남았어. 그럼 다음 세대의 핀치는 어떤 부리일까?"

선배도 굵은 부리를 가지고 살아남았어야지, 나는 혼잣말을 하면서 왼손으로 왼쪽 발목을 만졌다. 볼록 튀어나온 것이 양말 속에서 제 기능을 다하고 있었다. 혹시 몰라 유에스비가 장착된 초소형 녹음기를 양말 속에 넣어 두었다. 일식집을 나오는데 사장인 여자가 나를 불렀다.

"아까 하 지점장님이 드리라고 했어요. 포장한 초밥입니다."

제법 묵직했다. 택시 뒷자리에 앉아 일식집 이름이 적힌 쇼핑백 안에 손을 넣어 상자를 꺼냈다. 두 개가 들어 있었다. 하나는 초밥이었고 다른 하나는 오만 원 권으로 묶인 지폐 다발이 스무 개 정도 있었다. X새끼들, 입에서 욕이 튀어나왔다.

문을 열자 아빠닷, 하는 소리와 함께 거실에서 뛰어오는 소리가 들렸다. 아빠, 동화책 읽어 줘, 어느새 내

품에 안겨서 지아가 말했다. 씻고 거실로 나오는데 지아가 동화책을 들고 따라다녔다.

"여보, 낮에 택배 왔는데, 식탁 위에 올려놨어."

나는 나중에 볼게, 라고 말하고 지아를 안고 지아 침대에 함께 누웠다. 동화책을 펼쳤다.

"옛날 어느 마을에 아기 돼지 삼 형제가 살고 있었어요. 어느덧 다 큰 삼 형제는 할머니 집을 떠나 각자 집을 짓고 독립할 때가 되었답니다. 할머니는 몸집이 큰 못된 늑대를 조심하라고, 절대 문을 열어 주면 안 된다고 신신당부했답니다."

나는 최대한 밝고 명랑하게 읽었다. 지아는 내가 연극배우처럼 인물 특색에 맞게 다양한 목소리로 읽어 주는 것을 좋아했다.

"늑대, 우리 유치원에도 늑대 같은 덩치 큰 남자애가 있어. 차민혁이라고, 짝꿍이 되면 선생님 몰래 꼬집고 발로 차고 그래."

지아는 말하면서 정말 꼬집혀 아픈 것 같은 표정을 지었다.

"오늘도 내 친구 지혜를 꼬집은 거야. 저번에 선생님 앞에서 안 한다고 약속했는데. 지혜는 아프다고 울고. 그래서 나랑 내 친구 태연이랑 지혜랑 셋이 차민혁한테 갔어. 앞으로 우리 꼬집지 말라고 하니까 혀를 내미는 거야. 지혜가 민혁이를 발로 찼어. 그리고 나랑 태연이가 차민혁이 팔을 하나씩 잡고 물었어. 차민혁이는 넘어져서 막 울었어. 히힛. 차민혁은 하아."

지아가 하품을 했다.

"이제 우리를 다시는 안 괴롭힐, 하아."

손으로 눈을 비볐다. 나는 잘했다며 지아 머리를 가볍게 어루만졌다. 그리고 목소리를 낮추었다.

"그렇지, 나쁜 놈은 여럿이 힘을 합쳐서 물리치는 거야. 그래야 다시는 그런 놈들이 안 생기지. 알았지?"

지아는 어느새 눈을 감고 있었다. 대답이 없었다. 새근거리는 숨소리가 규칙적으로 들렸다. 나는 거실로 나와 택배 상자를 보았다. 보내는 이도 처음 듣는 이름이었고 주소도 낯선 곳이었다. 상자를 여니 서류 봉투가 보였다. 대출 서류들, 담보 증권들 사본이 식탁 위에 쏟아졌다. 서류 뭉치 속에 투명한 지퍼백이 보였다. 안에는 유에스비가 들어 있었다. 노트북에 꽂으니 음성 파일이 나타났다.

"정 차장, 정말 이럴 거야?"

"본부장님, 죄송합니다. 이 서류들 박 기자에게 보낼 겁니다."

"안 돼. 그럼 자네가 위험해져. 가족들은?"

안방 문이 열리면서 아내가 거실로 나왔다. 나는 급히 중지 버튼을 눌렀다. 서재에서 정, 정리하고 잘게, 머, 먼저 자, 말이 떨리면서 가슴도 떨렸다. 머리가 아팠다. 톡톡거리는 통증이 다시 느껴졌다. 몸이 아니라 마음이 떨렸다.

핑크 다이아몬드였다. 볼리비아 라꼬르 다이아몬드 광산은 1930년대에 개발되었다. 오랜 세월 동안 이미 매장된 다이아몬드는 대부분 채취되었겠지만 매퀸시는 새로운 광맥 줄기가 있다는 자문을 할 것이었다. 그것을 근거로 미래공사와 은행은 광산을 매입할 것이고 그리고 잘못된 정보였다고 하고 매각하면 그만이었다. 그 책임은 아무도 지지 않았다. 핑크빛 영원한 사랑의 상징이 몇 사람의 영원한 부로 귀결될 것이었다.

도착하면서부터 내린 비는 다음 날까지 줄기차게 이어졌다. 마지막 날은 거짓말처럼 맑았는데 한국의

한여름보다 더 더웠다. 처음으로 겪어 보는 열대 우림 기후였다. 아마존의 습기가 안개로 변하여 온몸을 휘감는 느낌이었다. 광산을 방문한 시간을 제외하고는 나는 쭉 호텔에 머물렀다.

　출국하기 전에 나는 심부름센터에 전화를 걸어 택배를 대신 부쳐 줄 사람을 구했다. 민수 선배의 자료와 내가 가진 자료를 두 부씩 복사하여 하나는 박 기자에게, 하나는 시민참여경제연대에게 보냈다. 박 기자는 억울해서 뭐라도 해야겠다며 자비로 권력층의 비리를 취재하고 다니는 월간 잡지의 기자였다. 민수 선배가 만나려던 그 사람이었다. 이 땅에 정의라는 두 글자가 존재한다는 것을 보여 주고 싶다는 인터뷰 기사를 읽은 기억이 났다. 시민참여경제연대는 시민 단체들이 연합하여 만든 단체였다. 혹시 내 신분이 드러나더라도 나와 함께 행동해 줄 사람들이 있다는 것 자체만으로도 힘이 되었다. 원본은 역시 민수 선배에게 맡겼다. 민수 선배가 자살했다는 그곳에 땅을 파고 묻어 두었다.

　"선배, 그냥 위에서 시키는 대로 하면 안 돼? 선배가 그런다고 은행이 바뀌는 것도 아니고 결국 피해 보는 건 선배잖아?"

"나도 그 생각 했는데 안 되더라. 한참 고민할 때 우연히 아들 방에 들렀어. 아들의 자는 얼굴을 보는데 이 아이들은 뭐랄까, 나보다 좀 더 나은 세상에서 살게 하고 싶다는 생각이 드는 거야. 적어도 아들에게 부끄럽지 않은 아빠가 되고 싶었어."

술자리에서 들은 민수 선배의 말이었다. 그 말에 고개를 끄덕이면서 나는 아무 말도 하지 못했다.

오늘 아침 볼리비아에 함께 왔던 사람들은 모두 떠났다. 나는 현지 은행과 은밀히 해야 할 일이 있다는 핑계로 남았다. 호텔로 돌아와 침대에 누웠다. 이어폰을 귀에 꽂고 핸드폰에 저장된 녹음 파일을 재생했다.

"다시 생각해 보십시오. 이것은 진흙탕에 빠지는 심청이와 같습니다. 아버지의 눈처럼 국민들의 눈을 뜨게 하기 위해 사람들은 몸을 던집니다. 하지만 심청이는 연꽃을 타고 세상에 다시 나오지만 내부 고발자는 그냥 진흙탕에서 질척거려야 합니다."

공익신고센터 관계자와 통화한 내용이었다. 나는 짐을 챙겨 호텔 정문으로 나왔다. 예약된 택시가 내 앞에서 멈췄다.

'연꽃도 진흙탕에서 피잖아요.' 나는 혼잣말을 하

면서 택시 문을 열었다. 갈라파고스로 가서 핀치를 볼 것이다. 새로운 종의 기원이 되었다는 핀치가 너무 보고 싶었다. 택시는 공항으로 빠르게 달렸다.

팝업창

주기적으로 머릿속의 통증이 나를 괴롭혔다. 생각이 생각을 만들고 꼬리를 물고 이어졌다. 생각에 질식할 것만 같았다. 하지만 내내 뾰족한 해결책은 찾을 수 없었다. 대출금과 대출 이자에 공금까지, 일단 급한 불부터 꺼야 했지만 내게는 소화기조차 없었다. 휴학, 개인 회생, 파산 등의 단어가 어지럽게 머릿속에 떠돌아다녔다.

눈을 떴다. 지독한 두통 때문이었다. 머릿속을 망치로 때리는 것 같은 아픔이 전해졌다. 손으로 머리를 감싸 쥐었다. 십 초 정도 사이를 두고 간헐적으로 망치질을 했다. 묵직한 통증이 동반되었고 찌이익, 못으로 머릿속을 긁는 것 같은 여운이 뒤따랐다. 목이 말랐다. 고개를 들어 주위를 살폈다. 옷장과 냉장고가 눈에 들어왔다. 익숙한 물건들이었다. 기어가서 냉장고 문을 열고 생수를 꺼내 들이켰다. 식도를 타고 내려가는 찬 기운이 느껴졌다. 머릿속이 안개가 낀 것처럼 흐릿해지면서 쓰러지듯 침대 위에 누웠다. 어젯밤에 어떻게 자취방에 들어왔는지 생각이 나지 않았다. 길바닥에 떨어뜨린 수박의 빨간 속살처럼 기억이 여기저기 흩어졌다.

졸업하고 십이 년 만에 처음으로 초등학교 동창들을 만났다. 열 명 남짓, 연락이 되는 친구들끼리 서울에서 한번 보자며 마련한 모임이었다. 남자 친구들은 어릴 때의 얼굴이 가물거리며 남아 있었다. 나와 비슷하게 복학해서 대학을 다니고 있었다. 반면 여자 친구들은 낯설었다. 이름과 얼굴과 연결이 되지 않았다. 취업을 준비하거나 회사 인턴이라고 했다.

삼겹살집에서 만나 소주를 먹고 2차로 생맥주를 마신 것까지는 기억이 났다. 그 후로 어디를 간 것 같기는 한데, 시끄러웠던 것도 같은데 생각이 나지 않았다. 머리가 다시 지끈거리기 시작했다. 전화벨이 울렸다.

"어, 일어났네. 집엔 잘 들어갔어? 속은 괜찮아?"

현호였다. 초등학교 때 단짝으로 지냈던 친구다. 지난달에 학생 식당에서 밥을 먹고 있는데 한 남학생이 머뭇거리며 다가왔다. 혹시 고향이 창원 아니세요? 하며 박상환이지? 물었다. 그렇게 다시 현호를 만났다. 초등학교 동창 모임을 주도한 것도 현호였다.

"야, 어제 내가 어떻게 집에 왔지? 뭐 실수한 건 없어?"

"너 기억 못 할 줄 알았다. 노래방 간 것도 모르지? 야, 너는 노래방 들어가자마자 자고 우리가 나오면서 너 깨웠잖아. 여자애들 보내고 택시 잡는데 네가 한잔 더 하자며 우리를 잡았잖아? 기억 안 나?"

"응, 모르겠어. 그래서 어떻게 했어?"

"나랑, 기태랑, 그래 민석이. 이렇게 넷이서 실내 포장마차에 갔어. 소주 한잔 들어가니까 너 목소리 완전 커졌어. 흥분해서 혼자 막 소리 지르고. 옆 테이블에서

조용히 하라니까 네가 욕하면서 달려들었어. 아, 맞은
데는 괜찮아?"

그러고 보니 오른쪽 턱 주변이 얼얼했다. 마신 물에
서 피 냄새가 느껴진 것도 같았다.

"겨우 말려서 너 택시 태워 보냈어. 야, 근데 그거 뭔
소리냐? 부자의 꿈, 사기 어쩌고 그랬는데."

"몰라, 싸운 것도 기억 안 나. 좌우간 고마워."

전화를 끊고 핸드폰을 쳐다봤다. 자연스럽게 가상
화폐 거래소 앱을 클릭했다. 여전히 로딩 중이라는 화
살표만 원을 그리며 돌고 있었다. 아, 습관이 참 무서운
거구나, 혼잣말을 했다. 두 달 정도 하루에도 몇십 번씩
드나들던 곳이었다.

복학하고 친구들은 만나는 술자리마다 주식과 코
인 이야기를 했다. 코인으로 수천만 원을 벌었다는 친
구들의 무용담도 들었다. 코인 안 하면 바보라며 비아
냥거리기도 했다. 코인에 대해 구글링을 하다가 코인
에셋이 눈에 들어왔다. 해외 코인 거래소인데 한글 서
비스를 제공하고 있으며 무엇보다 수수료가 국내의
10분의 1이었다. 가지고 있는 생활비 백삼십만 원을
알트코인에 투자했다. 다음 날 이백사십만 원, 일주일

후에 오백십만 원이 되어 있었다. 이거였구나, 그래서 친구들이 코인 코인 하는 거였구나 싶었다. 나도 그 무용담의 주인공이 될 수 있었다. 심장이 빠르게 뛰었다. 인생에 세 번 찾아온다는 기회 중에 첫 번째가 아닐까 싶었다. 놓치기 싫었다. 투자할 수 있는 돈이 필요했다. 대학생 학자금과 생활비 대출 오백만 원, 카카오뱅크와 토스 비상금 대출 육백을 모두 투자했다. 코인은 확실히 상승세였다. 전자 지갑에는 어느덧 삼천만 원 가까이 돈이 쌓였다. 언제라도 인출하여 현금화할 수 있는 돈이었다. 더 욕심이 났다. 햇살론 유스에서도 연이율 사 퍼센트로 오백만 원을 대출받을 수 있었다. 어떻게 알았는지 때마침 저축은행에서 광고 문자가 왔다. 본인 인증 후 비대면으로 오 분 만에 대출이 가능하다는 내용이었다. 연이율 십팔 퍼센트로 팔백만 원을 대출받았다. 금리는 눈에 들어오지도 않았다. 학생 신분으로 받을 수 있는 최대의 금액이었다. 이것도 과외비를 정기적인 수입으로 산정한 결과였다. 두 달이 지났을 무렵에는 육천오백만 원 정도가 지갑에 쌓였다. 믿기지 않았다. 벼락부자가 된 것 같았다. 조금 인출을 해서 사용할까 싶다가도 겨우 참았다. 재투자를 하면 더 큰 금액을 벌 수 있는데, 일억까지는 가고 싶었다.

'부자의 꿈을 실현시켜 드립니다. 돈이 돈을 창조하
는 세계, 더 많이 투자하면 더 많이 벌 수 있습니다.'

코인에셋에 접속하면 자동으로 뜨는 팝업창에 적
힌 문구였다. 맞는 말이었다. 내가 증명하고 있었다. 투
자할 돈이 더 없나, 싶은 순간 KD카드가 떠올랐다. '다
솜' 회원들이 매월 삼만 원씩 회비를 냈다. 그것을 모으
는 은행의 체크카드였다. 익명의 기부금까지 합치면
사백삼십오만 원이 들어 있었다. 다음 총무가 정해질
때까지 당분간 내가 관리하는 계좌였다. 결연 가정의
난방용품과 아이들 노트북, 핸드폰 등을 사기로 한 돈
이었다. 그래도 공금인데 싶다가도 불려서 오백만 원
넣어 놓으면 되지. 잠시, 아주 잠시 망설이다 자연스럽
게 알트코인의 한 조각을 차지하게 했다.

내일 저녁에 가전제품을 파는 대형 할인 마트 앞에
서 회원들과 만나기로 되어 있었다. 그러면 오늘과 내
일 저녁까지는 그 돈을 마련해야 했다. 술이 확, 깼다.
어떻게 하지, 미간에 주름이 잡혔다. 이런 제기랄, 미친
놈, 나도 모르게 욕이 튀어나왔다. 내가 나 자신에게 쏟

아내는 말이었다.

삼 일 전이었다. 코인에셋 가상 화폐 거래소가 사라졌다. 하얀 바탕에 로딩 중이라는 표시만 있을 뿐 아무리 기다려도 열리지 않았다. 몇 번이나 다시 접속해도 마찬가지였다. 접속 불량인가 싶어 다음 날 다시 들어가도 그대로였다. 생각이 굳으면 몸도 굳었다. 마비된 듯 아무 생각 없이 핸드폰의 하얀 화면만 쳐다봤다. 가슴이 두근거렸다. 심장이 요동치면서 순식간에 멈췄다. 하얀 숨이 가늘게 새어 나왔다. 조금만 있으면 일억이 될 전자 지갑이 눈앞에 아른거렸다. 부자의 꿈이, 돈이 돈을 창조하는 세계가 한순간에 무너졌다. 처음부터 존재하지 않았던 것처럼 가상 화폐가 가상 세계가 되어 버렸다. 그제야 시스템의 문제로 현금 인출이 지연된다는 메시지가 생각났다. 계획적이었구나, 이제 어떻게 하지, 처음으로 든 생각이었다.

경찰은 전형적인 코인 사기라고 했다. 내가 봤던 화면이 사기 업체가 제작한 가짜 화면이라는 것이었다. 코인을 직접 구매하지 않고 법인 계좌에 송금했죠? 나는 당연히 예, 라고 대답했다.

"법인에서 대리로 코인을 구매하는 것 자체가 불법

입니다. 코인에셋은 존재하지도 않는 거래소고요 지금까지 피해자가 팔백여 명에 피해액이 수백억은 되어 보입니다."

나는 알겠다며 이름과 전화번호를 남겼다. 캐나다에 서버를 두고 있어 검거가 힘들 뿐 아니라 검거되어도 피해액을 전액 보상받기는 어려울 거라는 말을 경찰은 덧붙였다. 어떻게 하지, 메아리처럼 끊임없이 내 안에서 울리는 말이었다.

방에 들어서자 곰팡이 냄새가 확 풍겼다. 천장에는 비가 샜는지 내 몸통만 한 얼룩이 누렇게 퍼져 있었다. 책상을 들어내자 가려졌던 벽 쪽 벽지가 너덜너덜거렸다. 흰색 벽지가 검은색으로 변해 있었다. 습기를 머금은 곰팡이들이 책상 크기만큼 번식해 있었다. 햇빛이 들어오지 않는 방이었다.

봉사 동아리 회원들은 기존의 벽지를 제거하고 곰팡이를 없앤다는 세제로 벽을 닦았다. 나와 인균은 준비해 온 항균 단열 벽지에 풀을 바르고 벽에 붙였다. 구월로 접어들었지만 방 안은 후덥지근했다. 조금만 움직여도 땀이 흘렀다. 고개를 들어 천장에 벽지를 붙이려는데 땀이 눈으로 들어갔다. 따끔거리며 쓰라렸다.

동아리 안의 또 다른 동아리가 '다솜'이었다. 대학에 3학년으로 복학해서 군대 가기 전 활동했던 봉사 동아리를 찾았다. 사월 중순 경, 동아리 회장인 아영이 새로운 제안을 했다. 불우 가정과 결연을 맺어서 지속적으로 도움을 주자는 것이었다. 할머니가 중학교 3학년인 손녀, 중학교 1학년인 손자와 함께 살고 있는데 복지의 사각지대에 놓여 있어 아무런 지원도 받지 못한다고 했다.

"어머니는 칠 년 전에 병으로 돌아가시고 삼 년 전에 아버지는 집을 나가서 연락이 끊긴 상태예요. 그런데 서류상 아버지와 함께 살고 있는 것으로 되어 있어요. 문제는 아버지에게 수입이 잡혀 있어 기초생활수급 대상자의 조건이 안 된다는 거예요. 할머니의 기초노령연금과 폐지를 주워 파는 돈이 유일한 수입이에요."

하지만 할머니가 원하는 것은 아이들 공부였다. 고등학교를 졸업할 때까지 아이들 과외를 책임지고 해줄 사람이 필요했다. 그래서 영문과인 나와 수학교육과 인균, 국문과 민지가 우선적으로 섭외되었다. 여기에 기부금만 내는 다수의 회원이 있었다. 실질적인 운영은 아영이 도맡아 했다. 도배를 하자고 제안한 것도 아영이었다. 아이들은 여름인데도 기침을 자주 했다. 심할 때는 얼굴이 빨개지고 가끔씩 복부에 통증을 느낀다고 했다. 특히 남자아이는 말을 하거나 숨 쉴 때 쌕쌕거리는 소리가 난다는 것이었다. 천식이 의심된다면서 아영은 일단 환경부터 바꾸자고 말했다.

사백삼십오만 원이 머릿속에서 떠나지 않았다. 오늘이 토요일이었다. 돈을 빌릴 만한 사람을 찾아야 했다. 핸드폰에서 연락처를 훑어보았다. 엄마가 먼저 눈에 띄었다. 2학기 중간고사를 마치고 창원에 내려갔을 때, 아버지는 병원에 입원해 있었다. 배가 팽창되어 있는 듯한 느낌이 들고 이따끔씩 따끔거리는 통증이 있었다고 했다. 설사도 자주 나면서 이유 없이 체중이 감소되어서 병원에 갔는데 정밀 검사를 하니 대장암이라고 했다. 초기에 발견되어서 다행이라고, 아직 다른 곳으로 전이되지 않았기에 내시경을 대장에 넣어 용종을 잘라내면 된다고 했다. 이 주일 정도 입원해서 수술을 받으면 된다고, 너무 걱정하지 말라고 눈시울을 적시던 엄마의 모습이 생각났다. 병원 침대에서 천장을 쳐다보고 있던 아버지의 얼굴도 눈에 어른거렸다. 부쩍 말라 보였다. 이 상황에서 나까지 엄마에게 부담을 줄 수는 없었다.

용수가 눈에 들어왔다. 아버지가 중소기업 사장이라 술값을 자주 내는 친구였다. 이름 옆에 있는 초록색 통화 버튼을 눌렀다. 안부를 묻고 바로 본론으로 들어갔다.

"부탁 하나 하자. 사실은 내일 저녁까지 한 사백만 원이 필요해. 내가 사고를 쳐서 갚아야 되는 돈이야. 어떻게 좀 안 되겠냐?"

"뭔 사고? 혹시 아영 씨 임신했어? 수술하려고?"

사고를 친 게 이런 식으로 연결되는구나 싶었다. 용수는 같은 과 동기였고 함께 복학하면서 더 친해지게 되었다. 아영과 사귀고 처음으로 소개해 준 친구였다.

"사귄 지 한 달도 안 됐는데 무슨, 아직 키스도 못 해봤다."

"무슨 일인데? 뭔 일인지 알아야 돈을 빌려주든 말든 할 거 아냐?"

"몰라. 묻지 말고 그냥 빌려줘. 돼? 안 돼?"

"야, 학생 신분에 그만한 돈이 어디 있어? 일단 구해는 보겠는데 기대는 하지 마."

전화를 끊었다. 아니, 끊기 전에 어렴풋이 들려오는 말소리에 당황하여 급히 통화 종료 버튼을 눌렀다.

"코인 사기 당했다더니, 야, 너네들한테도 상환이 전화 올⋯⋯."

얼굴이 화끈거렸다. 그저께엔 도저히 맨정신으로 있을 수 없었다. 친구들과 술을 먹다가 한 놈에게 사기 당한 것 같다며 조언을 구했던 게 생각났다. 법대 다니면 변호사라도 되는 줄 여겼나 보았다. 이러니 사기나 당하지, 혼잣말이 흘러나왔다. 다시 핸드폰의 연락처를 살펴보았다. 학교와 관계된 사람들은 일단 제외했다. 그러고 나니 몇 명 되지도 않았지만 사백만 원이라는 돈을 선뜻 빌려줄 이름이 없었다. 이름을 보자 그 친구의 경제 사정이 머릿속에 떠올랐다. 대부분 여유가 없는 녀석들이었다. 아쉬운 대로 전화를 했으나 한 명은 딱 잘라 거절하고 나머지는 용수와 비슷한 반응을 보였다. 기대는 하지 말라니, 나쁜 놈들, 순간 배신감이 느껴졌다. 이번 기회에 친구 관계도 다시 정리해야겠다는 생각이 들었다.

작년에 대기업에 취직한 선배 이름이 보였다. 찌푸

린 얼굴이 펴졌다. 여름에 학교 앞 생맥줏집에서 필요한 일 있으면 언제든 연락하라던 말도 생각났다. 통화 연결음을 들으면서 혹시, 싶은 기대로 가슴이 뛰었다. 선배가 전화를 받았다.

"야, 거의 내 한 달 월급인데, 그것도 내일까지? 월급쟁이들, 돈 번다고 하지만 매달 적자야. 나도 이번 달, 신용카드 현금서비스 받아서 생활해. 돈 말고 다른 거, 뭐 도와줄 건 없어?"

다른 건 필요 없다고 말하면서 전화를 끊었다.

삼촌과 고모, 이모 들 이름도 보였지만 통화 버튼을 누르기가 망설여졌다. 부모님 귀에 들어갈 가능성이 높았다. 대학 2학년인, 하나뿐인 여동생은 아예 제외시켰다. 더 이상 전화할 대상이 없었다.

휴우, 내가 쉬었던 한숨이 방 안을 가득 메우고 있었다. 보증금 백만 원에 월세 사십만 원 하는 반지하방이었다. 햇빛이 들지 않아 낮에도 형광등을 켜야 했다. 방문을 열고 들어오면 퀴퀴한, 곰팡이 냄새가 났다. 내 방에도 도배를 해야 하나 싶은 생각도 들었다. 보증금 백만 원, 내일 이사 간다고 집주인에게 말할까? 나는 고시원으로 들어가고? 머리를 흔들었다. 이 돈으로는 어림도 없었다.

'오빠, 다섯 시에 블루스퀘어 앞에서 보자. 저녁을
먼저 먹고 뮤지컬 보는 게 좋겠지?'

아영의 톡 메시지가 들어왔다. 가슴이 뜨끔했다. 오
늘이 일요일인가, 그럼 돈은? 혼잣말이 한숨과 함께 섞
여 나왔다. 아, 생일, 오늘이 아영이 생일이었다. 지갑을
찾았다. 현금 삼만사천 원이 전부였다. 과외비는 매월
마지막 날에 받았다. 열흘 남짓 있어야 했다. 고등학생
한 명은 영어, 다른 한 명에게는 수학을 가르치고 받는
팔십만 원이 내 한 달 생활비였다.

동네의 조그만 철물점 수입으로는 대학생 두 명의
등록금을 감당하기 힘들었다. 그래서 나는 복학하면
내 힘으로 자립하겠다고 말씀드렸다. 부모님은 걱정
과 동시에 안도하는 눈치였다. 군대에서부터 모은 돈
으로 등록금을 내고 과외를 두 집으로 늘리면서 다행
히 집에 손을 벌리지는 않았다.

그런데 아영을 사귀면서 돈이 많이 들었다. 자기가
좋아하는 남자 배우가 이번에 뮤지컬 주연을 맡았다
고 했다. 그러면서 내 생일이 언제냐고 물었다. 칠월에

동아리 회원들이 모여 내 생일 파티를 했었다. 그때 아영도 있었다. 연애를 하면 눈치도 빨라졌다. 나는 아영의 생일을 알아보았고 두 달 전에 뮤지컬을 예매했었다.

　오후 세 시쯤 자취방을 나서야 했다. 바깥에는 진한 회색의 먹구름이 도시를 덮고 있었다. 문을 열자 왈칵, 바람이 정면으로 나를 덮쳤다. 거대한 덩어리가 되어 순식간에 나를 휩쓸고 지나갔다. 물벼락을 맞은 느낌이었다. 몸이 떨리면서 이 부딪히는 소리가 났다. 십이월이라지만 오늘따라 유난히 추웠다. 순간적으로 몸이 얼어 버렸으면 좋겠다는 생각이 들었다. 냉동 인간이 되었다가 내가 아는 사람이 모두 죽은 후에 다시 깨어났으면 싶었다. 아니면 일주일만 잠수 타 버릴까, 힘없이 고개를 흔들었다.

　손을 코트 호주머니에 찔러 넣었다. 조그만 상자가 손에 잡혔다. 일주일 전 귀금속 가게에서 산 것이었다. 귀가 허전하다며 귓불을 만지던 아영의 모습이 생각났기 때문이었다. 십이월의 탄생석이 터키석이었다. 삼 센티미터 정도 늘어뜨린 금줄 밑에 손톱만 한 돌이 매달려 있었다. 아영의 얼굴빛과 연한 하늘색이 어울려 보였다.

파스타를 먹으면서 아영은 사야 할 제품에 대해 이야기했다. 전기요 세 개와 히터, 그리고 전기난로인데 가능하면 전기 요금이 덜 나오는 것으로 골라야 한다는 것이었다. 그리고 노트북 두 개와 핸드폰도 두 개가 필요하다는 것이었다. 어제 결연 가정에 방문해서 할머니와 얘기를 나누었다고 했다. 나는 고개를 끄덕이며 듣고 있었다.

"히터와 난로가 있으면 따뜻할 거야. 그런데 노트북과 핸드폰은 좀 있다가 크리스마스 때 사 주면 좋지 않을까? 아이들 잘 때 몰래 책상 위에 올려놓는 거야. 산타 할아버지 선물처럼. 어때? 많이 유아틱한가?"

며칠이라도 시간을 벌기 위해 한 말이었다. 아영은 살짝 미소를 지으며 내 말을 들었다. 컴퓨터가 없어 PC방에서 과제를 한다는 말이 뒤늦게 떠올랐다. 화제를 바꾸고 싶었다. 귀걸이가 든 상자를 호주머니에서 꺼내 아영에게 건네주었다. 어머, 이쁘다, 웃는 얼굴이 하늘색에 반사되었다. 나는 말없이 아영의 손을 잡았다. 아영의 얼굴이 푸른 하늘에 떠 있는 하얀 구름을 닮았다는 생각이 들었다.

드르륵, 테이블 위에 놓아둔 핸드폰이 진동으로 흔

들렸다. 현호였다. 나는 자리에서 일어나 출입구 쪽으로 걸어 나가면서 전화를 받았다.

"왜? 돈 빌려줄 수 있어?"

"아, 그게 아니라, 상환아, 우리 초등학교 6학년 때 불우 이웃 돕기 한다고 성금 모금했잖아. 교무실이랑 학교 근처 상가 돌아다니면서. 너랑 나랑 또 누구였지? 넷이었던 것 같은데. 야, 그때 우리가 모은 돈이 얼마였지?"

"몰라. 기억도 안 나. 헛소리할 거면 끊어."

"야, 그 돈, 우리끼리 나눠 가진 성금 있잖아? 지금이라도 우리 둘이 얼마씩 내서 정말 불우 이웃 돕기 성금으로 내자, 늦었지만. 요즘 그 생각이 나는데 계속 찝찝하네. 어때?"

"야. 그 돈 있으면 보태서 나 좀 도와주라."

종료 버튼을 누르는데 한번 생각해 봐, 라는 말이 여운처럼 들려왔다. 그런 적이 있었던 것도 같았다.

〈지킬 앤 하이드〉를 보는 동안 머릿속에서는 시간을 넘나들고 있었다. 모금함을 들고 다니면서 친구들과 선생님들에게 내밀었고 그다음 날에는 학교 주변 상가를 돌았다. 인사를 하며 불우 이웃을 도웁시다, 라고 외쳤던 것도 같았다. 그렇게 이틀인가, 사흘인가 모금을 하고 마지막 날에 떡볶이와 라면을 사 먹었는데 아무도 돈이 없었다. 할 수 없이 모금함에서 돈을 꺼내 계산을 하고 다음 날 그 돈만큼 다시 모금함에 넣기로 했다. 하지만 아무도 돈을 가져오지 않았다. 우유를 어디에 신청해야 매일 배달받을 수 있지? 잠시 침묵이 흘렀다. 대답을 하는 친구가 없었다. 야, 우리 이 돈 그냥 사등분해서 나눠 가지자. 아무도 모르잖아, 누군가 말을 했고 그때 친구들의 눈빛이 반짝였다. 어두운 벽지에 더 어두워서 선명하게 보이는 검은 점들 같았다.

"지금 이 순간, 마법처럼 날 묶어 왔던 사슬을 벗어 던진다."

노랫소리에 놀라 무대 위의 배우를 바라보았다. 애절하면서도 환희에 차 있는 표정이었다. 간절하게 무엇인가를 갈구하는 눈빛이 느껴졌다. 아영은 두 손을 잡고 숨을 멈춘 채 쳐다보고 있었다. 나는 사백만 원을 간절하게 원했다. 아니, 정확하게 계산하면 사백삼십오만 원이지만 대략적으로 결연 가정에 사 줄 제품 가격이 필요했다. 갑자기 곰팡이 냄새가 났다. 머릿속에 있는 곰팡이가 밖으로 나왔나 싶어 주변을 두리번거렸다. 초등학교 6학년 때부터 십이 년 동안 내 머릿속에서 자랐으니 이제 세상 밖으로 나올 때도 되었구나, 싶었다.

그때 우리는 우유를 사 주기 위해 성금을 모았다. 우리 반 아이 중에 급식으로 나온 우유를 먹지 않고 집에 가져가는 친구가 있었다. 왜 안 먹느냐고 누군가 물었다.

"동생 주려고. 동생이 우유를 좋아해서."

그 친구는 남자아이였는데 우리 반에서 가장 작았다. 키가 크려면 우유를 많이 먹어야 되는데, 라며 우리는 안타까워했고 그 와중에 또 누군가가 쟤, 보육원에서 사는데, 라며 말끝을 흐렸다. 우리는 담임에게 몰려가서 물었지만 선생님은 그게 왜 궁금해, 너네는 몰라도 돼, 라며 알려 주지 않았다. 다음 날 학교를 마치고 우리는 그 친구를 미행하기로 했다. 운동장 구석에 있는 놀이터에서 혼자 그네를 타고 있었다. 거의 말이 없이 우리 반의 다른 아이들과도 섞이지 않고 항상 혼자 떨어져 있는 섬 같은 친구였다. 나도 한 번 짝이 된 적이 있었는데 미술 시간에 준비물을 챙겨 오지 않아 내 스케치북에서 도화지를 찢어 주고 물감을 빌려준 적이 있었다. 아저씨 냄새도 기억이 났다. 발 냄새와 땀 냄새가 섞인 어딘지 묘하게 퀴퀴하며 불쾌한 냄새가 났다. 그래서 다른 아이들이 옆에 가지 않는 건가, 싶었다.

친구보다 두 뼘은 작아 보이는 여자아이가 놀이터로 와서 옆 그네에 앉았다. 친구는 가방에서 우유를 꺼내 여자아이에게 주었다. 여자아이는 맛있는 초코케이크를 먹듯 조금씩 아껴 가며 우유를 마셨다. 한참을 앉아 있다 그들은 일어났다. 삼십 분 정도 따라갔나, 그들이 들어간 집 입구에 나무로 된 간판이 보였다. '안나의 집', 내 또래의 아이들뿐만 아니라 중학생, 고등학생 형과 누나도 있었다. 허름한 벽돌집이었다. 돌아오면서 우리는 그 친구에게 우유를 한 박스 사 주자고 했고 현호는 자기네 집에서처럼 하루에 한 개씩 우유를 받아먹게 하자고 했다. 나는 여동생 것까지 두 개를 신청하자고 말했다. 그렇게 시작된 불우 이웃 돕기 성금 모금이었다. 그 돈을 우리끼리 나눠 가짐으로써 우리가 불우한 이웃이 된 셈이었다. 그때부터였는지 모르겠다. 친구에게서 났던 아저씨 냄새가 내 몸에서도 나는 것 같았다. 냄새도 나눠 가졌나 싶었다.

공연이 끝나고 나오면서 아영은 내 손을 잡고 카페로 들어갔다. 할 말이 있는 것 같았다. 아메리카노 두 잔을 주문하고 창가 쪽에 앉았다.

"오빠, 활성 산소라는 게 있는데 이게 산소계의 지킬과 하이드야. 호흡을 하면 산소를 들이마시게 되잖아. 이 산소가 혈액을 운반하거나 음식물을 소화시키면서 이 퍼센트 정도가 불완전 연소를 하게 되는데 이게 활성 산소야. 일반 산소에 비해 수천 배의 산화력을 가지고 있어."

아영은 여기까지 말을 하고 나를 쳐다봤다. 웬 활성 산소냐며 내가 말했다. 아영은 자리에서 일어나 주문한 커피를 가지고 왔다. 내년에 쓸 졸업 논문 소재라고 했다. 식품생명공학이 아영의 전공이었다.

"세균이나 바이러스, 또는 곰팡이가 우리 몸에 침투하면 이 활성 산소가 출동해서 강한 산화력으로 병균을 죽여. 그래서 우리 몸의 면역력을 유지해 주는 반드시 필요한 물질이야. 굉장히 고마운 존재지. 이게 활성 산소가 하는 지킬 같은 역할이야."

아영은 아메리카노를 한 모금 마시고 이야기를 계속 이어 나갔다.

"그런데 스트레스를 받거나 공해나 자외선 등에 우리가 노출되잖아. 아, 지나친 흡연과 음주도 있다. 그러면 이것들과 결합해서 우리 몸에서 활성 산소가 필요한 양보다 더 많이 생성돼. 이게 문제가 되는 거야. 남아도니까 우리 몸의 정상 세포나 DNA까지도 공격해. 그래서 우리 몸이 산화되어 각종 질병이 생겨. 대표적으로는 뇌졸중이나 심근경색을 일으키고 암도 유발해. 어떤 논문에서는 우리 질병의 구십 퍼센트와 관련이 있다고도 해. 이게 활성 산소의 하이드 같은 모습이야. 재밌지?"

재미있기보다는 무서웠다. 내 모습을 보는 것 같았다. 산소가 없으면 생명을 유지할 수 없었다. 돈도 마찬가지였다. 필요한 만큼만 있으면 되는데 항상 그 필요가 문제다. 필요가 너무 많이 생성되었다. 만족을 몰랐다. 남아도는 활성 산소가 나를 하이드로 만들고 있었다. 으스스, 다시 몸이 떨려 왔다. 나는 일어나자며 아영에게 말했다.

자려고 누웠지만 잠이 오지 않았다. 뒤척이다 침대에서 일어나 불을 켰다. 딸칵 소리와 함께 어둠이 사라졌다. 순식간에 일어난 전환이었다. 갑자기 우우웅, 소리가 들려왔다. 냉장고에서 나는 소리였다. 어둠 속에 묻혔던 사물들이 빛을 받고 살아나는 느낌이 들었다. 그 소리에 내 몸에서 활성 산소를 생산하기 시작했다.

다시 사백만 원 생각이 났다. 시간은 새벽 세 시를 넘어가고 있었다. 오늘 저녁까지 구해야 하는데, 막막했다. 핸드폰 문자 메시지가 떠올랐다.

'돈 못 해 줘서 미안해. 너랑 술 한잔 먹는다 생각하고 이십만 원만 보낼게. 계좌번호 넣어 줘.'

대기업 다니는 선배가 보낸 것이었다. 순간, 열 명에 이십만 원이면 이백만 원, 십시일반, 다시 고개를 저었다. 열 명이 매우 많게 느껴졌다. 맨홀의 뚜껑이 원형인 이유를 말해 보세요, 선배가 그 기업에 입사할 때의 면접 질문이었다. 선배는 이런 돌발 질문을 예상하고 있었지만 막상 접하니 아무 말도 나오지 않았다고 했다. 그때 정폭 도형이라는 낱말이 구세주처럼 머릿속을 지나가면서 대답을 할 수 있었다고 했다.

"원으로 만들 경우 어느 방향으로도 그 폭이 같기 때문에 뚜껑이 맨홀 내부로 빠지지 않기 때문입니다, 나는 이렇게 대답했다. 그런데 회사 다니면서 입사 동기들이랑 술을 마시는데 우연히 이 맨홀 뚜껑 이야기가 나왔어. 한 명이 '공사하는 분이 운반할 때 굴려서 편하게 옮길 수 있게 하려면 원형이어야 한다'고 대답했다는 거야. 그 말을 듣고 면접관들이 살며시 웃더래. 오, 근데 그럴듯하지 않아? 가슴이 뭉클했어."

여름에 학교 앞 생맥줏집에서 선배가 한 얘기였다. 내 판단에 확신을 주는 말이었다. 복학하면서 봉사 동아리 활동에 대해 망설였다. 하지만 이런 활동이 자기소개서를 적거나 면접할 때 나를 어필할 수 있을 것이라고 생각했다. 기업이 요구하는 인성을 부각하기에는 더없이 좋은 스펙이었다.

깜박 잠이 들었다. 눈을 뜨고 핸드폰을 찾았다. 더 이상의 메시지는 없었다. 12월 21일 오전 10시 18분. 액정 화면에 표시된 숫자였다. 내 머릿속에서는 사백만 원이라는 숫자가 찍혔다. 전 재산이 이십구만 원밖에 없다는 전직 대통령이 이 순간에는 부러웠다.

아무리 생각해도 대출밖에는 방법이 없었다. 다시 대출 사이트를 검색했다. 햇살 인터넷론은 전화로 부모님의 동의가 필요하다고 했다. 돈워리론에서는 최대 삼백만 원까지 가능하지만 오늘 서류를 접수하면 다음 날 대출이 된다고 했다. 몇 군데 더 전화를 걸었지만 내 상황에 맞는 곳은 없었다.

대학생 생활비 당일 대출, 로 다시 검색했다. 가능하다는 곳이 많이 있었다. 하지만 학자금 대출이 있어서 안 되고, 신용보증보험 대출 한도가 넘어 어렵다는 대답이었다. 다른 곳을 더 검색하고 있는데 묻지도 따지지도 않는 당일 대출, 이라는 문구가 눈에 띄었다. 번호를 확인하고 전화를 걸었다. 고객님, 안녕하십니까, 무엇을 도와드릴까요? 젊고 활기찬 여성의 목소리가 들려왔다. 상냥함이 배어 있었다.

내가 원하는 조건을 말하자 오늘 오후 다섯 시까지 삼백만 원 입금이 가능하다고 말했다. 휴우, 긴장이 풀리면서 안도의 숨이 절로 나왔다. 그런데 고객님, 저희는 십 퍼센트의 수수료가 붙습니다. 그래서 총 삼백삼십만 원을 대출하신 거고 고객님 계좌로는 삼백만 원이 송금될 것입니다. 동의하십니까? 덜컥 겁이 났다.

중개 수수료를 받는 것은 불법이고 악덕 사채 업자가 운영하는 곳입니다, 조금 전에 대출 사이트를 검색하면서 보았던 내용이었다. 아뇨, 생각해 보고 다시 전화하겠습니다, 라며 급히 핸드폰의 종료 버튼을 눌렀다. 사람들이 왜 사채를 이용하는지 이해가 되었다. 핸드폰을 쥔 손이 미세하게 떨리고 있었다. 우우웅, 손에서 핸드폰의 떨림이 전해졌다. 더 크게 핸드폰이 흔들렸다. 전화가 온 것이었다. 심장이 쿵쾅쿵쾅 뛰었다. 조심스럽게 핸드폰 화면을 바라봤다. 좀 전에 통화했던 업체가 아니라 아영이었다.

한 시간 일찍 보자며 할 얘기가 있다고 했다. 어제 말하려고 했는데 생일 분위기 망치기 싫어서 참았다고 덧붙였다. 오후 두 시 오십오 분이었다. 혹시 아영이 눈치챘나, 예감이 좋지 않았다.

"지금 좀 바쁜데. 음, 나중에 같이 보면 안 돼?"

오후 다섯 시에 가전 마트에서 회원들과 만나기로 되어 있었다. 그 전에 오빠가 알아야 될 일이 있는데……. 어떻게 하지? 아영의 망설이는 표정이 머릿속에 그려졌다. 궁금했다.

"전화로 할 수 있는 말이면 지금 얘기해."

그럴까, 오빠, 잘 들어. 충격받지 말고, 하면서 아영은 이야기를 시작했다.

"오늘 인균 선배 못 올 거야. 그제 내가 할머니 집에 갔다 그랬잖아. 할머니가 말해 줘서 알았는데, 혜리가 울면서 할머니한테 그러더래. 그 전날 저녁에 인균 선배가 혜리 수학 과외를 했어. 중학교 3학년 여자애 있잖아. 과외하면서 선배가 혜리에게 이상한 짓을 했대. 혜리가 교복 치마를 입고 있었는데 허벅지가 보였나 봐. 거길 쓰다듬더니 가슴을 만지더래. 그러더니 팬티 속으로 손을 넣으려고 했대. 혜리는 너무 놀라 말도 못하고 가만히 있었고. 그때 할머니가 방으로 들어와서 멈췄대. 오빠, 인균 선배가 어떻게 그럴 수 있어?"

아, 나는 숨을 길게 내뱉었다. 땀을 뻘뻘 흘리며 도배하던 인균의 모습이 떠올랐다. 처음에는 남을 도와주려고 시작했는데 지금은 봉사 활동을 통해 오히려 자기가 더 많은 도움을 받는 것 같다고 말하며 멋쩍게 웃던 얼굴도 생각났다. 나는 아영에게 확인은 해 봤어? 하고 물었다.

"응, 혜리를 만났는데 펑펑 울기만 했어. 그래서 내가 할머니에게 들은 말을 하니까 고개를 끄덕이면서 다 사실이래. 인균 선배한테도 전화해서 물어봤는데 그렇대. 자기도 왜 그랬는지 모르겠다고⋯, 잘못했대."

시인했단 말이지, 나는 혼잣말처럼 아영에게 말했다. 머릿속에서 반짝, 빛이 스치고 지나갔다.

"오빠, 내가 인균 선배, 경찰서에 고발했어. 그런 사람이 교사가 된다는 게 참을 수 없었어. 인간도 아냐. 어떻게 그런 짓을."

아영은 한숨을 쉬면서 전화를 끊었다. 나는 입가에서 웃음이 새어 나왔다. 이런 기회가 오다니 머리가 맑아지면서 구세주처럼 다가온 인균이 고마웠다.

자취방을 나섰다. 약속 장소로 걸어가는데 얼굴에서 차가운 감촉이 느껴졌다. 고개를 들어 하늘을 보았다. 비가 조금씩 내리고 있었다. 몸이 깨어나는 기분이었다. 답답했던 마음을 비가 씻겨 주는 느낌이었다.

병신 새끼, 죽긴 왜 죽어, 지킬이 떠올랐다. 약혼녀인 엠마와의 결혼식 도중 지킬은 또다시 하이드로 변신했다. 엠마를 죽일까 봐 지킬은 결국 친구인 어터슨이 들고 있는 칼로 돌진해 자살하면서 뮤지컬은 끝났다. 하지만 나는 죽을 생각이 전혀 없었다.

시내로 들어섰다. 네온사인이 여기저기서 번쩍였다. 옆 사람이 내 어깨를 치고 지나갔다. 비킬 틈조차 없이 거리는 사람들로 붐볐다. 정신이 없었다. 갑자기 머릿속이 부글부글 끓는 느낌이었다. 결국 돈을 구하지 못했다. 어떡하든 인균이 핑계를 대고 이 위기를 벗어나야 한다. 마땅한 방법이 떠오르지 않았다. 걸어가는 발걸음이 점점 느려졌다.

지나가는 사람들을 쳐다보았다. 아빠 손을 잡고 걸어가는 여자아이가 보였다. 툭, 앞에 오는 사람과 부딪혔다. 여자아이가 비틀거렸다. 손에 들고 있는 우유팩이 바닥에 떨어졌다. 초등학교 3, 4학년은 되어 보였다. 비와 섞인 우유에서 비릿한 냄새가 나는 것 같았다. 속이 매스꺼웠다. 갑자기 헛구역질이 났다. 초등학교 졸업 이후 우유를 먹을 수 없었다는 현호의 말이 생각났다. 사람들이 없는 곳으로 가고 싶었다.

길 옆에 고층 건물이 보였다. 엘리베이터 문이 열렸다. 아무도 타는 사람이 없었다. 이십오 층이 가장 높은 곳이었다. 엘리베이터에서 내려 계단을 올라갔다. 다행히 옥상으로 통하는 문은 열려 있었다. 옥상 끝으로 걸어갔다. 돌풍이 불었다. 비틀거리며 겨우 난간을 붙잡았다. 아래를 보았지만 안개 때문에 보이지 않았다. 빗물이 몸을 적시고 있었다. 순간 머리가 터질 듯 부풀어 올랐다. 좀 전에 우유를 떨어뜨린 여자아이와 눈이 마주쳤다. 거의 울 것 같은 표정이었다. 아니다. 일그러진 그 표정 속에는 웃음도 보였다. 분명 비웃음이었다. 다시 보려고 하니 그 아이는 이미 나를 지나쳐 걸어가고 있었다. 사람들 속에 묻혀 보이지 않을 때까지 나는 그 자리에 서 있었다. 헛것이 보이나, 코인 사기 이후 제정신이 아니었다. 주기적으로 머릿속의 통증이 나를 괴롭혔다. 생각이 생각을 만들고 꼬리를 물고 이어졌다. 생각에 질식할 것만 같았다. 하지만 내내 뾰족한 해결책은 찾을 수 없었다. 대출금과 대출 이자에 공금까지, 일단 급한 불부터 꺼야 했지만 내게는 소화기조차 없었다. 휴학, 개인 회생, 파산 등의 단어가 어지럽게 머릿속에 떠돌아다녔다.

번쩍, 도시가 잠시 밝아졌다가 다시 어둠 속으로 사라졌다. 맞은편 건물의 옥상 광고판 화면이 밝아진 것이었다. 화질이 선명했다. 하나의 광고가 끝나고 어두워진 후 노란색의 팝업창이 떴다.

축구는 스포츠 토토에서! 두 배의 즐거움을 누리세요!

아, 이거다! 내 머릿속도 번쩍했다. 경기 스코어를 맞히고 배당금을 받는 게임. 불법 사이트에서는 배당금이 몇백 배가 된다는 말도 들은 기억이 났다. 다시 내 몸의 활성 산소가 증식을 준비하고 있었다. 전화벨이 울렸다. 아영이었다.

"어디야? 빨리 와, 민지도 왔어."

알았다며 나는 전화를 끊었다. 건물을 내려와 가전 마트로 들어갔다. 아영과 민지가 전시된 핸드폰들을 둘러보고 있었다. 나는 그들에게 다가가서 잠시 이야기 좀 하자며 매장 구석에 있는 테이블로 데리고 갔다. 자리에 앉자 아영에게 민지도 알아야 된다며 인균 사건을 말하게 했다. 민지는 놀란 눈을 하고 손으로 입을 가렸다. 아영은 금방이라도 눈물이 떨어질 것 같은 표정이었다.

"생각해 봤는데 성추행한 놈이 사 준 노트북과 핸드폰으로 혜리가 공부할 수 있겠어? 오히려 혜리의 상처를 더 가중시키지 않을까? 볼 때마다 생각날 거야. 그리고 손녀를 성추행한 놈의 돈으로 산 전기요 위에 할머니가 누워 잠을 잘 수 있겠어? 편하게 잠이 오겠어?"

나는 진심으로 혜리와 할머니를 걱정하는 척 말을 했다. 아영과 민지는 고개를 끄덕였다. 좀 더 생각해 보고 결정하자며 나는 자리에서 일어났다. 일단 이 순간은 벗어났다는 안도감이 들었다. 동아리가 해체될

수도 있었지만 내 관심 밖의 문제였다. 무엇보다 나의
잘못을 숨길 수 있는 것만으로 나는 만족했다. 내 몸속
에서는 스멀스멀, 하이드 활성 산소가 증식하기 시작
했다.

기억의 침몰

정신이 번쩍 든다. 잊지 말자, 나에게 다짐하듯 말한다. 하늘을 쳐다본다. 별들 사이로 달이 떠 있다. 주변이 환하게 달무리가 생겼다. 달아, 너는 알고 있잖아, 오늘처럼 그렇게 밝게, 밝게 진실을 밝게 비추어 다오, 손바닥을 맞대어 빌면서 달에게 연신 고개를 숙인다.

마당 한편에 있는 정자에 앉는다. 파릇하게 변하기 시작한 잔디 사이로 자주색 철쭉이 군데군데 꽃잎을 터트린다. 정년퇴직을 하고 고향으로 집을 지어 들어온 것이 벌써 십오 년 전이다. 아닌가, 이십 년 전인가, 요즘은 모든 것이 혼란스럽다. 내가 알고 있는 것이 사실이 아닌 경우가 너무 많다. 어느 순간인가 내가 나를 믿지 못하는 상태가 되어 버렸다. 몇 년 전에 분명 상길이 부부와 제주도 여행을 갔었는데, 그때 태풍이 와서 하루 늦게 출발했는데도 아내와 상길은 아예 그런 사실이 없다고 했다. 을왕리 바닷가를 거닐다 조개구이와 회를 먹고 왔다고 했다.

오전의 따사로운 햇살에 옅은 졸음이 살짝 들어온다. 정자 난간에 기대어 몸을 아래로 늘어뜨린다. 전화벨 소리에 눈을 뜬다.

"권순덕 씨 남편 되시죠? 지금 권순덕 씨가 탄 유람선이 호수로 침몰했습니다. 춘천 부근이고요, 119 구급차가 출동해서 사상자들을 실어 나르는 중입니다."

일방적으로 통화가 끊긴다. 잘못 들었나, 꿈인가 싶어 볼을 잡아당긴다. 저릿한 아픔이 전해진다. 핸드폰을 집어 전화가 온 번호로 통화 버튼을 누른다. 통화 연걸음만 정적을 깨고 울려 퍼진다. 받지 않는다. 핸드폰을 귀에서 떼고 화면을 바라본다. 권 여사, 내가 저장해 놓은 아내의 이름으로 통화 버튼을 누르지만 이번에도 신호만 길게 이어진다. 정자에서 일어나 집 안으로 들어간다. 여보, 여보, 불러 보아도 대답이 없다. 안방과 화장실 문을 열어 본다. 아무도 없다. 거실 소파에 앉아 다시 전화를 건다. 이어지는 신호의 끝에 전화를 받을 수 없다는 음성이 들려온다. 새벽에 일어나서 아내가 뭐라고 말한 것도 같은데 기억이 나지 않는다.

춘천 부근이라, 차를 몰고 찾으러 나가 봐야겠다고 생각한다. 그런데 차 열쇠가 없다. 현관 앞 바구니 안에 항상 있었는데, 현관 서랍장에도 거실 탁자 위에도 보이지 않는다. 아, 육 개월 전인가, 분명 앞차가 정차한 것을 보고 브레이크를 밟았는데 쿵, 부딪히고 말았다. 몸이 앞으로 쏠리면서 운전대에 이마를 박았다. 병원에서 아내는 에어백이 터지지 않았다고 더 화를 냈다. 그래, 그 이후 차를 고치지도 않고 폐차해 버렸지, 잠시 생각이 그때로 흘러갔다.

춘천경찰서로 전화를 건다. 유람선이 호수로 침몰한 사건은 없다고 한다. 소방서에서도 마찬가지다. 그럼 방금 전에 내가 받은 전화는? 또 혼란스럽다. 큰딸에게 전화를 한다. 춘천에 사니까 아무래도 빨리 알아보지 않을까 싶다. 자초지종을 이야기하며 혹시 연락 온 게 있냐고 물어본다.

"우리 아빠, 또 왜 이러실까?"

큰딸의 긴 한숨 소리가 들린다. 나는 오늘 저녁 집에 좀 들르라고 말한다.

"아빠, 오늘 구역 예배 있어서 안 돼요. 집사님 집에서 하는 거라 목사님 모시고 꼭 참석해야 돼요. 아, 엄마, 곧 돌아올 거예요. 너무 걱정하지 마세요."

큰딸은 자기 남편을 꼭 목사님이라 부른다. 대학 때부터 기독교 학생회나 선교 활동을 하더니 거기에서 만난 남자와 결혼을 하겠다고 했다. 믿음의 동반자라나, 종교가 없는 것보다는 있는 게 세상살이에 나을 것 같아 허락했더니, 사위가 목사 안수를 받고 나서는 나까지 교회 나오라고 다그쳤다. 이젠 목사님 가족인데 믿음의 모범을 보여야 된다고 했다. 나는 '됐다'고 한마디로 잘라 말했다. 아내는 한번씩 나가는 것 같았지만 그것까지 말리지는 않았다. 일처리가 매끈하고 성격도 사근사근해서 그런지, 나도 모르게 큰딸에게 의지하곤 한다. 그런 큰딸이 오지 못한다니 마음 한 자락이 서늘하다.

어떻게 할까, 소파에 등을 기댄다. 늘어지듯 미끄러진다. 요즘 내 정신이 예전 같지 않다. 노망이 들었나 싶을 정도로 기억이 아득하다. 작년 아버지 제사 때는 내가 왜 그랬나 싶을 정도로 어이가 없었다. 술을 따라 상에 올리고, 그다음은……, 순서가 생각나지 않았다. 머릿속에 먼지가 낀 것처럼 뿌옇게 흐려졌다. 멍하니 일분 넘게 서 있었다. 가족들이 나를 쳐다봤고 나는 그제야 황망한 눈길을 거두었다. 몸이 안 좋으니 수호가 마무리해라, 얼버무린 뒤 황급히 방으로 들어왔다. 가쁜 숨을 몰아쉬었다. 말은 안 했지만 손자 손녀 들이 왔는데 누가 누구 자식인지를 알지 못했다. 아이들 얼굴도 낯설었다. 내 집에서 내게 할아버지라고 하니까 내 손주들이겠지, 생각했다. 식은땀이 흐르면서 가슴이 내려앉았다. 숫자나 사람 이름, 사물 이름이 생각나지 않는 건 나이 때문이려니 했지만 이번 경우는 달랐다. 아내나 큰딸 말처럼 정밀 검사를 한번 받아 봐야지, 하면서 아직까지는 괜찮다며 버텼는데 이젠 덜컥 겁이 났다. 더 늦기 전에 정리할 건 정리해야 될 것도 같았다.

제사를 끝내고 수호가 다른 가게를 하고 싶다고 넌지시 의향을 물었다. 지금 하고 있는 감자탕집은 너무 장사가 안 돼서 새벽까지 해도 겨우 현상 유지라고, 마침 근처에 고깃집 하기에 좋은 자리가 났다고, 이전 비용과 인테리어 다시 하면 삼억 정도 필요하다고 했다. 홍천 강가에 있는 삼 층짜리 펜션을 염두에 둔 모양이었다. 거기서 나오는 임대료가 우리 부부의 생활비였다. 나는 긴말하고 싶지 않아 잘라 말했다.

"내 죽은 뒤에 가져가거라."

수호는 얼굴이 붉어지면서 애원하듯 말했다.

"저 정말 힘들어요, 아버지. 그 일 이후 죽으려고도 하다가 억울해서, 겨우겨우 이 악물고 지금까지 버티고 있는데, 이제 좀 정신 차리고 살아 보겠다는데 좀 도와주시면 안 돼요? 하나뿐인 아들인데, 제 아들은 아……."

수호는 손으로 눈을 비비면서 밖으로 뛰쳐나갔다. 조용한 침묵이 흘렀다. 심성이 순하고 무던한 아이였다. 이때까지 부모에게 언성을 높인 적이 없는 아들이었다. 그길로 수호는 식구들을 챙겨 자기 집으로 가 버렸다. 죄송하다는 말도 없었다. 그날 밤, 뒤척이다 겨우 잠이 들었다. 꿈인가, 우는 소리가 들렸다. 아내가 장롱에 기대어 웅크리고 있었다. 커억, 울음을 참는 소리에 잠이 깼다. 창문으로 들어온 달빛에 아내의 눈 주위가 번들거렸다. 나는 조용히 일어나 아내를 안았다. 잡은 아내의 손이 찼다. 여보, 수호한테 그 돈 해 줘요, 띄엄띄엄 아내의 말소리가 들렸다. 나는 더 힘을 주어 아내를 안았다. 아픈 손가락이었다. 큰딸과 막내딸은 결혼해서 그럭저럭 크게 모자람 없이 살았다. 아들은 사업을 한다고 잘 다니던 회사를 갑자기 그만두었다. 무슨 계획이 있겠지 싶었지만 개뿔, 두 번인가 폭삭 말아먹었다. 의류 대리점, 카페 등을 거쳐 결국 음식 장사를 시작했다. 맛 내는 비법인가가 있다더니 영 시원치가 않은 모양이었다. 그때마다 이렇게 와서 아쉬운 소리를 했나, 도무지 기억이 나지 않는다.

깜박 잠이 들었나 보다. 눈을 뜬다. 거실 소파에 누워 있다. 맞은편 장식장이 부옇게 형체만 아른거린다. 그 안에 든 위스키며 와인은 보이지 않는다. 눈을 깜빡여 보지만 역시 알아볼 수가 없다. 시력이 예전만 못하다. 아니, 눈보다 귀가 먼저 제 기능을 상실한 것 같다.

어렸을 때 할머니 집에 가면 텔레비전 소리를 크게 틀어 놓았던 것이 생각난다. 할머니, 소리가 너무 커, 내가 외치면 뭐라고? 잘 안 들려, 라고 대답하시던 모습이 떠올랐다. 지금의 내가, 그때의 할머니 나이가 되어, 할머니처럼 행동하고 있다. 내가 텔레비전을 보고 있으면 아내가 와서 리모컨으로 볼륨부터 줄인 게 벌써 몇 년 전부터다.

나이가 드니 옛날 생각이 많이 난다. 아무런 이유도 없이 불현듯 떠오른다. 촘촘하게 연결되어 있는 뇌 속 신경 세포들이 아무렇게나 신호를 보내는 것 같다. 미로처럼 복잡하게 엉켜 있는 세포들이 체계적으로 움직이다 일순간 헝클어진 모양새다. 신경 세포들의 교통사고인가, 정상적인 방향으로 전기 자극을 전달하는 것이 아니라 불꽃처럼 여기저기서 타타닥거리는 느낌이다. 그래서 최근에 있었던 일은 기억하지 못하는 반면 활성화된 그 부분에 남아 있는 기억이 재생된다.

오늘은 할머니 부분인가 보다. 국민학교 들어가기 전인가, 동네 친구들과 뜀박질하면서 놀다가 다리가 부러진 적이 있었다. 우리 마을에서 병원이 있는 읍내까지는 십 리 가까이 되었다. 그때는 차가 없었기에 걸어 다니던 시절이었다. 농사일로 바쁜 부모님 대신 할머니가 나를 업고 다녔다. 깁스를 풀 때까지 몇 번이나 왕복했을까, 무겁지는 않았을까, 지금 물어볼 수는 없지만 할머니 등의 따스했던 온기는 남아 있다. 힘들 때마다 잠시 서서 숨을 고른 후 나를 다시 업던 할머니의 거친 숨결도 기억난다. 보고 싶어요, 라고 부르면 뭐라고? 하면서 지금이라도 내게 등을 보이며 업히라고 할 것 같다. 돌아가신 할머니를 내가 추억 속에서 불러내면 할머니는 다시 살아나는 것일까, 내 기억 속에서만 살아 계신 것일까, 나만 아는 경험이기에 내가 사라지면 할머니의 존재도 없어지는 건가, 기억한다는 것은 무엇일까, 무수한 생각들이 계속 이어졌다.

꼬르륵, 배가 고프다. 시계를 보니 오후 두 시가 조금 넘었다. 잠을 잤는데도 몸이 개운치가 않다. 습기에 축축하게 젖어드는 솜처럼 몸이 가라앉는다. 자극적인 것이 먹고 싶다. 부엌으로 간다. 싱크대 옆에 놓인 매실 병이 눈에 들어온다. 그젯밤에 마을 회관에 가져가서 나눠 먹을 거라며 아내는 현관문 옆에 놓아두었다. 왜 거기에다 두느냐고 내가 물었고 요즘 건망증이 심해 깜빡한다면서 여기에 두면 눈에 보이니까 아침에 나갈 때 챙길 수 있을 거라고 아내가 말했다. 어제 아침에 집을 나서면서 아내는 1.5리터 페트병에 담긴 매실액을 봤다. 그러면서 이게 왜 여기 나와 있지, 혼잣말을 하면서 다시 부엌으로 가지고 들어갔다. 나는 아내의 머릿속에서 먼지가 일고 있다고 생각했다. 봄날의 황사가 뿌옇게 시야를 가리는 것처럼 아내의 신경 세포를 덮고 있었다. 이런 사람이 아침부터 어디를 간 것일까, 다시 아내에게 전화를 한다. 전원이 꺼져 있어 삐 소리 후 소리샘으로 연결되오며 통화료가 부과됩니다, 라는 기계음이 흘러나온다. 나는 전화를 끊는다.

가스레인지 위에 큰 냄비가 보인다. 뚜껑을 여니 소고깃국이 한가득 담겨 있다. 이틀은 먹어도 될 것 같다. 전기밥솥에도 밥이 가득 들어 있다. 한 번도 푸지 않은 상태다. 냉장고를 여니 유리통에 담긴 반찬들이 놓여 있다. 찬장을 열어 라면을 찾는다. 그릇이며 접시가 포개져 쌓여 있고 냄비와 프라이팬은 크기별로 정리되어 있다. 각종 양념이며 조미료도 선반 한 칸에 정연하게 놓여 있다. 부엌살림은 백화점에 진열된 장식품처럼 질서가 느껴진다. 아내의 성격이 보인다. 아내는 집

안 청소도 매일 한다. 저녁을 먹고 진공청소기를 돌리고 구석구석 무릎걸음으로 걸레질도 한다. 그런 후에는 탁자며 장식장, 액자 등을 닦고 샤워를 한다. 속옷이나 수건은 꼭 삶은 후 세탁기에 돌린다. 그리고 일요일에는 긴 밀대에 에탄올을 묻혀 벽과 천장도 닦는다. 큰딸이 이런 엄마를 두고 결벽증 환자가 치매에 걸릴 확률이 높다, 면서 말꼬리를 흐리던 모습도 떠오른다.

아무리 찾아도 라면이 보이지 않는다. 계단 밑에 있는 창고에도 라면 상자는 없다. 거실로 나온다. 서랍이나 수납장을 하나씩 열어 본다. 없다. 안방으로 가는데 벽에 걸린 액자가 눈에 들어온다. '산은 산이요(山是山), 물은 물이로다(水是水).' 내 퇴임 기념으로 서예가인 박 대표가 써 준 것이다. 세로로 적은 반듯한 궁서체가 언제 봐도 맛깔스럽다.

"아빠, 어느 노 작가는 치매를 예방하려고 매일 아침마다 백두산부터 한라산까지 산 이름을 모두 외웠다고 해요. 그다음에는 세계 지도를 펴 놓고 세계의 산 이름을 외웠대요. 그렇게 해서 십 년간 외운 산 이름이 무려 천팔백여 개나 된대요."

액자를 보며 큰딸이 한 말이었다. 못 온다고 해서

그런지 자꾸만 큰딸 생각이 난다.

일주일 전에도 아내가 늦게 들어온 적이 있었다. 허리가 아파 춘천 시내에 있는 대학 병원에 진료를 보러 간 날이었다. 아침 일찍 나갔는데 저녁이 되어도 오지 않았다. 전화를 하니 오는 중이라고 했다. 그랬는데 밤 열두 시가 넘어 택시를 타고 들어왔다. 어떻게 된 일이냐 물었더니 아내는 버스를 잘못 탔다고 했다. 분명 홍천 오는 16번 버스를 탔는데 가다 보니까 길이 낯설었다고 했다. 그래서 버스 기사에게 물으니 416번이라는 것이었다. 바로 내려 맞은편으로 가서 16번 버스가 정차하는 곳으로 갔고, 기다렸다가 16번을 분명히 확인하고 탔는데 이번에도 집으로 가는 방향이 아니었다는 것이다. 차에 붙어 있는 노선 안내도를 보니 화천으로 가고 있었고 304번이라고 적혀 있었다고 했다. 나는 타박조로 말했다.

"버스도 못 타고, 이 여편네가 노망났나!"

"그러게요. 귀신한테 홀린 것 같기도 하고. 당신 닮아 가나 봐요."

아내는 고개를 갸웃하면서 나까지 이러면 안 되는

데, 하면서 한숨을 길게 쉬었다. 그 이후부터인가, 아내가 입에 달고 다니는 말이 있었다.

"여보, 잊어버리면 안 돼요."

하루에도 열댓 번은 말했다. 그러면서 내게 볼펜이 달린 손바닥만 한 수첩을 주었다. 해야 할 일이나 중요한 약속 등을 내가 적기도 하고 때로는 아내가 적기도 했다. 수시로 수첩을 확인하라는 당부도 잊지 않았다.

나는 목을 쓰다듬어 본다. 어, 그런데 수첩이 없다. 목걸이처럼 목에 걸고 다녔는데 만져지지 않는다. 바지 주머니에도 없다. 거실 탁자 위에도 보이지 않는다. 부엌에 두었나 싶어 다시 부엌으로 간다. 싱크대 위에도 식탁에도 없다. 목이 말라 온다. 컵을 꺼내 정수기에서 물을 받는다. 정수기 위에 선반이 보인다. 문을 연다. 라면 다섯 개가 차곡차곡 포개져 있다. 허기가 느껴진다. 그러고 보니 오전 내내 먹은 것이 없다. 오후 세 시가 조금 지나 있다. 냄비에 물을 받는다. 물이 끓는 동안 식탁에 앉는다. 사기 접시 위에 아몬드, 땅콩, 호두가 보인다. 텔레비전에서 봤던가. 머리 희끗한 의학 박사가 나와서 견과류에는 비타민과 오메가 쓰리가 함유되어 있어 콜레스테롤을 저하시키고 동맥 경화를 예방한다, 집중력이나 기억력을 향상시켜 치매 예방에 효과적이다…, 구구절절 읊었던 말이 띄엄띄엄 머릿속을 스친다. 호두를 손으로 집어 만져 본다. 딱딱한 껍질을 까 두었기에 호두 속살이 반질거린다. 울퉁불퉁한 사이사이에 여러 갈래로 홈이 파여 있다. 그 의학 박사가 말라 비틀어진 호두가 치매 노인의 뇌라 했던 것도 같다. 모양이 비슷해서일 게다. 윤기 없이 쪼그라든 김 영감의 뇌가 그려진다. 손에 힘을 준다. 파사삭, 반쯤 금이 가 있는 호두가 조각조각으로 부서진다. 큰 덩이를 집어 입에 넣는다. 맛이 느껴지지 않는다.

평소에는 특별한 일이 없으면 아침을 먹고 마을 회관에 간다. 보통 열 명 내외의 노인이 모인다. 회관에 취사도구가 있어 각자 가지고 온 음식 재료를 더해 점심을 먹는다. 안마 의자도 있고 근처에 게이트볼장도 있다. 주로 일 점당 십 원짜리 고스톱을 치는데 타짜가 김 영감이다. 나보다 세 살이 많으니 올해 일흔아홉인가, 여든인가 보다. 목소리도 크고 별다른 아픈 데도 없이 정정했다. 그런데 삼 년 전부턴가 고스톱을 칠 때 점수 계산이 느렸다. 상대편 패는 보지 않고 자기 패만 보았다. 어떤 때는 점수가 났는데도 몰랐다. 그러다 어느 날은 춘천에서 경찰차를 타고 집에 왔다. 길을 잃어 집을 찾을 수 없었다는 것이었다. 두 번 정도 반복되더니 넉 달 전에 서울에 사는 큰아들이 데려갔다. 큰아들 집 근처의 요양원에 들어갔다고 했다. 김 영감의 말라 비틀어진 뇌에도 먼지가 끼었나 보다. 식탁 위에 껍질을 까지 않은 호두가 있다. 탁구공보다 조금 작을까, 한 손에 오롯이 쥐어진다. 딱딱하다. 파인 홈 사이에 검은 때가 보인다. 나는 욕실로 가서 칫솔을 가지고 온다. 검은 때를 싹싹 문지른다. 조금씩 사라지는 게 보인다. 나는 다시 호두를 돌리면서 길이 난 홈 전부를 칫솔로 닦는다.

물이 끓는 소리가 난다. 수프와 면을 넣고 잠시 기다린다. 냄새가 퍼지면서 입에 군침이 돈다. 달걀을 넣고 뜸을 들인다. 냄비를 식탁 위로 옮긴다. 뚜껑을 여니 아직도 보글보글 끓고 있다. 한 젓가락 집는 순간 전화벨이 울린다. 작은딸이다.

"아빠, 엄마한테 아직 연락 없어요? 엄마 핸드폰이 계속 꺼져 있어요. 어디 간다는 말 못 들었어요?"

"응, 아직 연락 없어."

나는 말하고 나서 아내가 어디 간다고 했나, 잠시

기억을 더듬는다. 수첩 생각이 난다. 그런 일이 있다면 수첩에 기록되어 있을 것이다. 빨리 수첩을 찾고 싶은 조바심이 일었지만 작은딸이 놓아주지 않는다.

"아빠, 혼자 계신데 들러 봐야 하는데요, 저녁에 약속이 있어서요. 한 달 전부터 했던 중요한 약속이라, 죄송해요. 아빠."

"응, 괜찮아, 약속이 중요하지."

힘이 빠진다. 작은딸은 새침데기 같은 면이 있었다. 항상 제 잇속을 먼저 챙겼다. 부모 자식 간에도 그랬다. 어학연수 때도, 심지어 배낭여행을 갈 때도 그 비용을 청구했다. 결혼할 때는 아예 자기 몫의 재산을 달라고 요구하기도 했다. 맡겨 놓은 것처럼 당연하게 말하는 태도가 당돌했다. 그래서인지 별로 정이 가지 않는다. 열 손가락 깨물면 안 아픈 손가락 없다지만 작은딸은 그렇게 아플 것 같지 않다.

"아빠, 오빠에겐 아직 연락 없죠? 거봐요. 땅 팔아서 십억 넘게 해 줘 봐야 전화도 안 하잖아요. 우리한테 줬어 봐. 그럼 언니나 제가 얼마나 효도할 건데. 아, 저번에 오빠가 그 돈으로 주식이랑 코인에 투자한 거 모르죠? 망해서 몇 억 날렸다던데……."

나는 머리가 아파 오기 시작한다. 내가 땅을 팔아서 아들놈에게 줬나, 기억이 가물거린다. 줬나 싶기도 하고 아닌 것 같기도 하다. 눈앞에 희뿌연 사막 먼지가 몰려오는 것 같다.

"수정아, 피곤하구나. 그만 끊자."

"네, 아빠. 쉬세요. 언니는 가까이 있으면 좀 들여다……."

뒷말이 끝나기도 전에 전화를 끊었다. 수정의 말이 안개처럼 떠다닌다. 약속이 있단 말이지, 그럼 돈을 못 받아서 효도를 안 한다는 건가, 괘씸한 감정이 올라온다. 막내라 너무 오냐오냐 키웠나 싶다.

끙, 소리를 내며 다시 젓가락을 집는다. 면발이 퉁퉁 불어 있다. 이미 식었는데 국물도 반이나 줄어 있었다. 입맛을 다신다. 모래가 들어간 것처럼 입 안이 껄끄럽다. 불어 있는 면발이 징그럽게 느껴진다. 일어나 냄비를 들고 개수대에 붓는다.

수첩을 찾아야 한다. 처음 아내가 수첩을 주었을 때 정작 이 수첩이 필요한 사람은 아내라고 생각했다. 왜 내게 주지? 의문이 들었지만 메모를 해 놓으면 잊지는 않겠지, 라는 마음도 들었다. 메모의 습관, 이런 책도 읽었던 것 같았다. 순간순간 스치는 생각들, 심지어 잠자면서 꾸었던 꿈의 내용까지도 메모한다고 적혀 있었다. 메모의 역사, 이렇게 메모한다면 몇십 권은 되겠지, 싶었다. 순간 내 인생도 메모할 수 있을까, 몇 권 몇 줄 아니 한 줄로 요약하면 뭐라 적을까 싶은 생각이 들었다. 이 한 줄이 묘비명이 되는 건가도 싶었다.

"잊어버리면 안 돼요."

아내가 신신당부하던 말이 생각난다. 그럼 메모도 결국 잊지 않기 위해 하는 것, 기억하기 위한 행위이다. 내가 나를 잊어버리면 어떻게 될까, 어린 시절의 추억도, 아내도, 자식들도 잊어버리면 나는 누굴까, 싶은 생각이 든다. 불안하다. 육체적으로는 밥을 먹고 있지만 왜 밥을 먹는지를 모르면 과연 살았다고 할 수 있을까, 갑자기 머릿속이 석회질로 굳어지는 것 같다. 더 굳어지기 전에 정리를 해야 한다. 내가 나일 수 있도록 만드는 것이 기억이다, 수첩이 있다면 이렇게 적었을 것이다. 그래서 아내가 그렇게 잊지 마라고 당부했던가 싶었다.

온몸이 으스스하다. 소름이 돋는다. 빨리 수첩을 찾

고 싶다. 거실로 간다. 서랍장을 연다. 안에 있는 물건을
바닥에 쏟는다. 자질구레한 영수증들이 어지럽다. 눈
에 보이는 서랍들은 모두 열어 보지만 수첩은 보이지
않는다. 순식간에 거실이 쓰레기장이 된 것 같다. 엎드
려 소파 밑을 들여다본다. 깨끗하다. 안방으로 들어선
다. 화장대 서랍장을 연다. 화장품들이 종류별로 진열
되어 있다. 장롱이 보인다. 이불 칸 밑에 서랍장이 있다.
두꺼운 옷들 사이로 오동나무로 만든 상자가 금색 보
자기에 싸여 있다. 매듭을 풀고 상자 뚜껑을 연다. 보험
증서며 집 등기부 등본이 보인다. 그 옆에 인감도장도
있다. 바닥에 부어 하나하나 살펴본다. 홍천 펜션의 등
기부 등본이 보이지 않는다. 나는 바닥에 퍼질러 앉는
다. 벌써 아들에게 줬는가, 차라리 잘되었다 싶은 생각
도 든다.

　밖에서 현관문 두드리는 소리가 난다. 벌떡 일어나
나가 문을 연다. 아내가 아니다. 웬 늙은 노인이 나를 빤
히 쳐다보고 있다.

　"주창아, 뭐하냐? 오늘 회관에도 안 나오고."

　낯은 익은데 누군지 생각이 나지 않는다. 베이지색
점퍼에 검정색 체육복 바지, 형광색 슬리퍼가 눈에 들

어온다. 허연 머리에 깊게 팬 얼굴 주름이 인상적이다. 혹시 생각날까 싶어 나는 주의 깊게 그를 바라본다.

"이제는 나도 몰라봐? 상길이. 모르겠어? 어허, 이 친구, 상태가 점점 심해지는구면!"

나는 상대방의 얼굴을 뚫어져라 쳐다본다. 상길이, 상길이, 아, 생각난다. 고향 친구, 국민학교 동창 상길이다. 내가 퇴직하고 고향으로 온다고 했을 때 가장 좋아했던 친구다. 집 짓는 것부터 살림살이까지, 그리고 자기가 아는 사람들에게 나를 소개하면서 부탁한 친구였다. 전직 마을 이장 출신이라 아는 사람이 많았다. 스마트 팜인가, 자동화 시설이 있는 비닐하우스 몇 동에 특용 작물을 키워 꽤 돈을 번, 이를테면 부농이었다. 매년 봄과 가을에 이 부부랑 참 많이도 놀러 다녔다. 처음에는 국내를 돌아다니다 울릉도를 마지막으로 점점 해외로 나갔다. 아시아와 유럽을 다녔지만 내 마음속에 남는 곳은 인도였다.

새벽안개로 자욱한 갠지스강, 시체를 태우는 매캐한 연기가 안개와 섞이고 있었다. 타다 남은 다리 한 짝이 강가로 떠내려가고 그 옆에서는 사람들이 자기 몸에 물을 끼얹고 있었다. 삶과 죽음이 공존하는 공간이었다. 죽음이 내 곁에 참 가까이 있구나. 어디서 들었던 가, 몸이 병들어 사지를 움직이지 못했던 프랑스 어느 철학자였던 것 같다. 그런데 어느 날 병실에서 눈을 떠니 몸이 조금씩 움직여지고 주위에 아무도 없었다고 했다. 가까스로 창문으로 뛰어내려 자살했다던가, 그때 그 사람의 나이가 일흔이었다지. 뭔가 멋진 말도 남겼는데 그 말은 생각나지 않는다.

"김 영감, 죽었대. 내일 같이 문상 가야지?"

상길이가 덤덤하게 말한다. 결국, 나는 말을 삼키며 고개를 천천히 끄덕인다. 요양원에 누워 있던 김 영감의 모습이 눈앞에 어른거린다. 4인용 병실은 좁아 보였다. 가운데 침상에 누워 초점 없이 천장을 보고 있었다. 나와 아내를 보더니 밝게 웃었다. 병실에 한 명뿐이라는 간병인이 다가왔다.

"할아버지, 누군지 아시겠어요?"

김 영감은 배시시 웃을 뿐 말이 없었다.

"그거 내놔! 빨리 내놔! 주고 가 버려! 이 못된 할망구야!"

마을 회관에서 고스톱 칠 때 아내의 점수가 났는데 자기가 났다고 우기면서 판을 뒤엎던 장면이 떠올랐다. 나는 김 영감의 손을 꼭 잡아 주고 병실을 나왔다. 그게 마지막이었다.

"대답도 안 하고 뭔 생각을 그리 하고 있나?"

상길이가 나를 쳐다보며 말한다.

"아니, 아내가 호수에 침몰했다는데 하루 종일 연락이 안 돼."

나는 아침에 걸려 온 전화부터 자초지종을 답답한 심정으로 상길에게 말한다. 어허, 이 친구, 좀 잠잠해서 잊은 줄 알았는데 아직도 남아 있네, 있어. 상길은 혀를 차며 혼잣말을 한다.

"주창아, 잊어야 될 건 잊어. 그냥 잊고 살어."

힘없는 목소리로 말하면서 내 어깨를 가볍게 두드린다. 나는 의아한 표정으로 상길을 바라본다.

"거, 왜, 우리 제주도 갔을 때 호텔에만 있었다고. 생각나?"

"아, 또 그 얘기야? 그때 우리 제주도 못 갔잖아. 공항까지 갔는데 태풍 때문에 비행기가 결항돼서. 그래서 을왕리해수욕장인가, 거기서 회 먹고 왔잖아."

상길의 목소리에는 짜증이 묻어 있었다. 나는 분명하게 기억한다. 아내와 상길은 아니라고 부인하지만 그래, 이중섭미술관, 일본으로 떠난 아내와 자식들을 그리워하면서 그렸다던 은색 담배 종이 그림, 방파제를 넘어오던 거대한 파도, 먹구름 가득한 제주도 하늘이 지금도 선명하다.

"내가 쓰고 있던 우산이 뒤집혀서 바람에 날리는데 네가 나를 잡았잖아. 제수씨는 길을 걷다가 파도가 넘어와서 흠뻑 옷을 적시고. 우리 집사람은 이런 날 여행 잡았다고 구박하고 투덜거리고. 기억 안 나?"

이런 내 말에 허어, 이 친구, 참, 하면서 상길은 어이없다는 듯 웃는다. 그래, 내일 다시 올게, 말하면서 상길은 돌아선다.

"아, 이거, 대문 앞에 떨어져 있더라."

점퍼 호주머니에서 꺼내어 내게 건넨다. 수첩이다. 가느다란 노란색 목줄과 달려 있는 볼펜도 보인다. 대문으로 걸어 나가는 상길의 그림자가 어둠 속에 묻힌다. 손에 쥐고 있는 수첩을 본다. 그렇게 찾아 헤맸는데 막상 손에 들어오니 이상하게 감정이 가라앉는다. 찾던 일이 허탈해져서 그런가, 선뜻 열어 보기가 무섭다. 이 속에 어떤 내용이 기록되어 있을까, 내가 알고 있는 사실과 다른 내용들이 가득 들어 있을 것 같다. 상길이

네 부부와 제주도에 가지 않았다고, 아내는 호수에 침몰했고 자식들은 나를 사랑한다고, 그렇게 빨간 별표까지 해 놓았을 것 같다. 진실이 무엇일까, 내가 옳다고 믿고 있는 사실이 진실일까, 믿음이 없으면 이제 어디에서 찾을 수 있을까, 수첩을 잡고 있는 손이 떨린다. 심장이 빠르게 뛰면서 나도 모르게 마른침을 삼킨다. 차라리 보지 말까, 싶은 순간 핸드폰 벨 소리가 울린다. 화들짝 놀라 자동적으로 통화 버튼은 누른다.

"아버님, 저예요. 어머님이 핸드폰을 잃어버리셔서 제가 전화 드려요. 어머님이 너무 피곤해 하셔서 오늘 저희 집에서 주무시고 내일 모셔다 드릴게요."

며느리 목소리다. 이건 또 무슨 말인가 싶다. 왜, 같이 있나? 나는 자동적으로 반문한다.

"아, 어머님께서 아버님께 말씀드렸다는데 잊어버리신 거 같네요. 오늘 민국이 십 주기라서 진도 내려갔다 왔어요. 어머님이 갑자기 가시자고 했어요."

쿵, 가슴이 내려앉는 소리가 들린다. 어떻게 잊을수가 있지, 너무 아픈 기억이라서 무의식적으로 삭제된 건가, 어떻게 내가 민국을, 하나밖에 없는 친손자를 까맣게 잊을 수가 있지 싶다. 그랬구나, 그래, 잘했다,

기침하듯이 말하며 전화를 끊는다. 오른손으로 가슴을 두드린다. 심장이 면도날로 베인 것 같다. 숨 쉴 때마다 심장이 깨지는 고통이 뒤따른다. 숨쉬기가 힘들다. 조금씩, 천천히 가쁜 숨을 내쉰다. 겨우 숨을 고르고 바닥에 주저앉는다. 온몸에 힘이 빠져나간다. 손가락 하나도 움직일 수가 없다. 가만히 거실을 메운 어둠을 응시한다. 까만 어둠 속에 마네킹처럼 앉아 있다. 서서히 어둠이 나를 잠식한다. 손이, 발이 까맣게 변하는 것 같다. 내 몸이 하나씩 어둠으로 물든다. 동화되어 사라질 것 같다. 이대로 있을 수 없다. 끄응, 몸을 일으키려 힘을 주지만 움직일 수가 없다. 무언가 몸을 감싸는 느낌이 든다. 바닥에서 검은 실이 올라와 무릎을 묶는다. 허리와 양손을 묶고 머리로 올라온다. 미라처럼 내 몸이 검은 실로 칭칭 감긴다. 움직일 수가 없다. 어, 어, 그러는 사이에 실이 혀를 감는다. 입을 막자 순식간에 실 뭉치가 콧구멍을 막는다. 헉, 숨이 막힌다. 들이쉰 숨을 내쉴 수가 없다. 가슴이 터질 것 같은 순간, 암흑이다. 검은 파도가 일렁인다. 이리저리 파도에 휩쓸려 떠다닌다.

"가만히 있어라."

어디선가 명령하는 소리가 들린다. 뒷골을 스치면

서 척추로 지나가는 기운이 느껴진다. 춥다. 으스스 몸이 떨린다. 눈이 감긴다. 압착기로 눈꺼풀을 내리찍는 것 같다. 이럴 때일수록 정신을 똑바로 차려야 한다, 호랑이 굴에 들어가도, 할머니가 했던 말이 빛처럼 지나간다. 네, 할머니, 완전히 눈을 감지 않으려 안간힘을 쓴다. 주체적으로 죽음을 선택하는 그 순간까지 현재의 삶에 집중하라, 일흔에 병실에서 뛰어내렸다던 철학자의 말도 생각난다. 눈을 감지 말아야 한다, 지금 이 순간에 집중해야 한다, 눈꺼풀에 힘을 주며 혼잣말을 한다. 주문을 외듯 계속 같은 말을 반복한다.

얼마나 시간이 지났을까, 컥, 막혔던 숨을 토해낸다. 온몸이 축축하다. 앉은 카펫도 흘러내린 땀으로 눅눅하다. 목이 마르다. 겨우 몸을 일으켜 정수기에서 찬물을 받아 마신다. 어떡하든 견디고 버텨야 한다, 는 말이 물과 함께 몸속으로 흘러간다.

거실 탁자 위에 수첩이 보인다. 찬물 때문인지 마음이 정갈하다. 어떤 내용이라도 순순히 받아들일 수 있을 것 같다. 소파에 앉아 수첩을 집는다.

"記憶"

첫 장에 한자로 기억, 이라고 적혀 있다. 다음 장을

넘긴다.

"기억은 해석이다."

내가 이런 말도 적었나 싶어 자세히 보니 내 글씨체다. 한자로 날려쓴 것도 내 필체가 맞다. 조심스럽게 다음 장을 넘겨 본다.

"기억은 힘이 세다. 기억하고 있는 사람의 감정을 울리기 때문이다. 그래서 다시 살아나 행동하게 만든다. 한 사람이, 하나의 집단이, 하나의 공동체가, 하나의 나라가 기억하면 그 힘이 진실에 닿는다."

다음 장도, 그다음 장도 비어 있다. 수첩을 내려놓는다. 답답하다. 일어나서 현관문을 열고 마당으로 나온다. 찬바람이 기습하듯 얼굴을 때린다. 정신이 번쩍 든다. 잊지 말자, 나에게 다짐하듯 말한다. 하늘을 쳐다본다. 별들 사이로 달이 떠 있다. 주변이 환하게 달무리가 생겼다. 달아, 너는 알고 있잖아, 오늘처럼 그렇게 밝게, 밝게 진실을 밝게 비추어 다오, 손바닥을 맞대어 빌면서 달에게 연신 고개를 숙인다. 달빛을 받은 세상이 오늘따라 유난히 선명하게 보인다.

상식적인, 너무나 상식적인 *

바람이 얼굴을 때리듯이 지나갔다. 바닥에 나뭇잎
이 떨어졌다. 무심코 보니 사람 얼굴이었다. 눈, 코, 입,
웃고 있었다. 아, 민우였다. 망가지고 찢긴 민우가 웃고
있었다. 놀라 일어서려고 나무를 잡았다. 어딜 잡아? 약
점 잡아서 좋겠네. 나무줄기가 몸서리치며 서 교사의
손을 뿌리쳤다.

* 니체의 책『인간적인, 너무나 인간적인』에서 제목을 가져왔다.

교감은 의자에 털썩 소리가 나게 주저앉았다. 장학사에게 전화가 오면 자기도 모르게 일어섰다. 교장의 전화도 마찬가지였다. 마치 대면하고 있는 것처럼 고개 숙여 인사도 했다. 교사로 근무하면서부터 생긴 습관이었다. 평교사일 때는 교감이나 교장의 전화가 그러했지만 교감이 되고 나니 일어서는 대상도 몇 명 되지 않았다.

"최세창 씨가 오전과 오후에 한 번씩 매일 교육지원청에 전화를 하십니다. 학폭위를 왜 빨리 개최하지 않느냐며 따지십니다. 관내 학교들 사안 모아서 일주일 후 개최한다고 해도 왜 그렇게 늦게 하느냐, 업무 태만이 아니냐고 말씀하시는데 아무리 설명해도 같은 말만 되풀이하십니다. 아, 오늘은 국민신문고에 진정서가 올라와서 교감 선생님 보시라고 업무 메신저로 보냈습니다. 참고하세요."

민우 아버지, 아니 최세창 씨가 교육지원청에는 전화로 그치지만 학교에는 매일 출근을 하셔서 교장실에 상주하고 계십니다, 라고 말하며 교감은 전화를 끊었다. 메신저에는 수고하세요, 라는 글자가 보였고 밑에 파일이 첨부되어 있었다.

늘숲중학교 2학년 선배들이 1학년 학생을 학교 후문에서 집단으로 폭행했습니다. 무릎에 피가 철철 나고 교복 바지가 찢어졌습니다. 그런데 학교 측에서는 때린 학생들을 오히려 모범생들이라며 비호하고 교복도 변상해 줄 수가 없다고 합니다. 저는 또다시 우리 아이가 맞을까 봐 매일 아이와 함께 등하교를 합니다. 학교에서 아이를 보호할 수 있는 아무런 조치를 취해 주지 않기 때문입니다.

　　더구나 학교 폭력으로 신고를 했는데도 교육청에서는 언제 오라는 말도 없습니다. 기다리다 지쳐 전화해서 물어보면 일주일 후에 개최한다는 말만 반복하고 있습니다. 시간이 지체되는 지금 이 순간에도 피해 학생과 학부모는 언제 보복을 당할지 모른다는 불안감과 두려움에 떨고 있습니다. 누구를 위한 학교이며 누구를 위한 행정입니까? 이것은 피해자에게 2차 가해와 같은 공포입니다. 제발 하루빨리 학교폭력위원회가 개최될 것을 촉구합니다.

　　교감은 손으로 이마를 짚었다. 머리가 지끈하게 아파 왔다. 삼 일 전에 학생들 사이의 다툼이 있었고 그제

학교 폭력으로 교육지원청에 신고한 사안이었다. 학생부장은 사안을 보고하면서 사소한 문제이기에 생활교육위원회에서 학교 자체적으로 처리하자고 말했다. 기껏해야 서면 사과나 학교 봉사 삼 일에 해당하는 건이라고 했다. 그래도 신체적인 상해를 입었는데, 라면서 교감은 교장 선생님과 상의하겠다고 말하고 결정을 유보했다. 그런데 아침부터 최세창 씨가 교장실로 들이닥쳤다. 교장은 교감 선생님과 얘기하시라고 최세창 씨에게 말했다. 있지도 않은 출장 핑계를 대면서 교장실을 나갔다. 올해가 떨어지는 나뭇잎도 조심하라는 정년이었다. 그래서인지 교장은 교감 전결을 확대하였고 교감 선생님이 알아서 하세요, 가 상의의 결론이었다. 교장실도 자주 비웠다. 급한 업무라는 핑계로 전화를 해도 받지 않았다. 겨우 찾으면 도서관 햇빛드는 자리에 책을 펴 놓고 졸고 있는 경우가 많았다.

"민우 담임과는 통화를 했는데 말이 통하지 않아서 교장 선생님을 뵈러 직접 왔어요. 우리 아들이 많이 불안해합니다. 학교에서 안전을 보호해 줄 조치가 없을까요?"

보디가드처럼 옆에 붙어서 등하교를 책임져 달라

고 요구했다. 불가했다. 학교에 그런 인력이 없을뿐더러 전례가 없었다. 대신 학교장 긴급 조치로 삼 일 정도 민우를 집에서 쉬게 할 수는 있다고 말했다. 물론 출석 인정이었다. 아니, 피해자가 왜 학교를 못 나와야 해요, 최세창 씨가 발끈했다. 다른 방안을 강구해 보겠다고 했으나 조치가 나올 때까지 교장실에서 한 발자국도 움직일 수 없다고 했다. 교장 선생님과의 상의를 민우 아버지가 대신 해 준 셈이었다.

오늘이 삼 일째 되는 날이었다. 교장실에는 최세창 씨만 앉아 있었다. 아버님, 여러 선생님들이 교장 선생님을 뵙지 못해 많이 불편해하십니다. 교장 선생님도 업무에 차질이 많고요, 이렇게 앉아 계시면 공무 방해가 될 수 있습니다, 교감은 정중함을 가장하여 말했다. 뭐라고요? 아니, 학부모가 자기 아들 등교시키고 기다렸다가 하교시키는 것이 뭐가 잘못됐어요? 학교에서 해 줄 수 없다면서요. 역시 막무가내였다. 그간의 대화도 마찬가지였다. 자기 입장에서 자기 의견만 고수하는 부류였다.

교감은 조용히 문을 닫고 나와 교감실로 들어섰다. 책상 위에 프린트물이 보였다. 학교 폭력 전담 교사가 작성한 사안 조사 보고서였다.

　3월 25일 오후 4시 50분경, 학교 후문에서 1학년 2반 최민우 학생이 2학년 3반 강범호, 이동석 학생에게 신발주머니를 돌리며 달려들었습니다. 강범호 학생이 놀라서 피했는데 최민우 학생이 주춤하며 서 있다가 옆에 있는 이동석 학생에게 또 달려가려고 했습니다. 이때 강범호 학생이 최민우 학생의 발을 걸었고 최민우 학생은 바닥에 넘어졌습니다. 무릎 부근의 바지가 찢어졌고 무릎에서 피가 조금 났습니다. 최민우 학생은 일어나지 않고 바닥에 주저앉아 울고 있었고 지나가던 양호 선생님이 이를 보고 최민우 학생을 양호실로 데려와 치료해 주었습니다.

　강범호, 이동석 학생은 우연히 최민우 학생을 보고 반가워서 이름을 불렀는데 최민우 학생이 '다 죽여 버릴 거야'라고 외치며 달려왔다고 했고 최민우 학생은 놀리려는 줄 알고 화가 나서 때리기 위해 달려갔다고 진술했습니다.

　교감은 다시 최세창 씨가 보냈다는 진정서를 읽었

다. 같은 사건인데도 바라보는 관점이 달랐다. 보고 싶은 대로 믿는다는 말도 생각났다. 하지만 민원이었다. 가능하면 학부모가 원하는 방향으로 사건을 조용히 마무리 지어야 했다. 이게 교장이나 교육지원청에서도 바라는 교감의 능력일 것이었다.

최세창 씨는 교장실에 혼자 앉아 있었다. 민우 하교까지는 한 시간 남짓 남아 있었다. 점심도 먹지 않았다. 처음에는 몇몇 선생들이 노크를 하고 교장을 찾더니 오늘은 교감 외에는 아무도 오지 않았다. 그러고 보니 교장 책상 위에 있는 컴퓨터도 보이지 않았다. 힘들었지만 압박이 필요했다. 변호사도 일정 부분 동의하는 눈치였다. 이번에는 끝내야 했다. 입술을 깨물며 조금만 더 버티자고 속으로 다짐했다. 아들을 보호하는 일인데, 이 정도쯤이야 어느 부모가 못 하랴, 싶었다.

어렵게 얻은 아들이었다. 아내가 두 번의 유산을 거치고 박사 과정을 미루고 나서야 민우를 낳았다. 어릴 때부터 성장이 좀 늦었다. 말하는 것이 어눌하고 지적 능력도 또래 아이들에 비해 떨어졌다. 학업 성취도도 낮은 수준이었다. 거의 말이 없었으며 혼자 놀기를 좋아했다. 괜찮아지겠지, 생각하며 다섯 살 적부터 영어 공부를 시켰다. 처음부터 원어민 선생을 구해 과외를 했다. 혀가 짧아 발음이 원만하지 않다고 해서 혀를 길게 만드는 수술도 했다. 피아노, 태권도, 미술 학원 등 부모로서 할 수 있는 최선을 다했다. 아들은 아빠가 이루지 못한 것을 조금 더 쉽게 얻도록 만들고 싶었다. 민우 사촌들은 외국어고등학교나 과학고등학교에 다니고 있었다. 미국 사립 학교에 조기 유학 간 아이도 있었다. 그들에 비해 손색없이 키우고 싶었다. 그런데 아들은 점점 더 말이 없어졌다. 이제는 묻는 말에도 못 들은 척 대답조차 없었다. 점점 더 눈살을 찌푸리거나 얼굴을 찡그리는 표정이 잦아졌다. 눈을 마주치려고도 하지 않았다. 그런 아들이 초등학교 6학년 때 친구들이 놀린다며 더듬더듬 울면서 말했다. 집단 따돌림을 당하고 있다고 생각했다. 다음 날 학교로 찾아가 민우 담임을 만났다.

"학급 아이들이 착해서 누구를 괴롭힌 적은 없어요, 장난이 조금 심한 애들이 몇 명 있기는 하지만 주로 자기들끼리 놀고요, 앞으로 더 관심 갖고 민우 주변을 살펴보겠습니다."

이제야 관심을 갖겠다고, 최세창 씨는 속으로 비웃었다. 내 아들이 놀림을 당해서 우는데 선생이란 작자는 파악도 못 하고 있었다. 하나밖에 없는, 이 세상 그 무엇과도 바꿀 수 없는 민우는 최세창 씨의 존재 이유였다. 어떡하든 아빠가 지켜야만 했다. 주먹에 힘이 들어갔다.

수업을 마치고 집에 오는 민우를 미행했다. 사 일째 되는 날에는 친구들과 함께 후문을 나왔다. 민우에게 무언가를 물어보는 것 같았는데 이내 자기들끼리 실랑이를 하면서 웃었다. 민우는 표정도 없었고 대꾸도 하지 않았다. 멀리서 그 아이들의 사진을 찍어 확대해서 담임에게 보냈다. 같은 반 강범호, 이동석이라고 했다. 대화 내용이 궁금했다. 민우는 별거 아니라고 했다. 다음 날 담임에게 요청해서 학생들을 만났다. 무슨 게임 해? 학원 어디 다녀? 따위의 질문을 했다는 것이었다. 증거가 없었다. 아니, 증거를 찾지 못했다. 무능한 아빠였다. 길거리에서 손으로 쥘 수 있을 만한 돌을 세 개 주웠다. 민우의 교복 호주머니에 넣어 주면서 말했다.

"또 친구들이 놀리면 돌을 던져. 맞혀 버려. 그래야

다시는 너를 놀리지 못해. 뒷감당은 아빠가 할 테니까, 알았지?"

아내 쪽 집안에 검사와 변호사, 경찰도 있었다. 그들의 힘을 빌려서라도 무마할 자신이 있었다. 정 안 되면 만고의 진리, 돈이면 해결될 것이었다. 상대방에서 상상도 못 한 액수를 제시하면 대부분 꼬리를 내린다.

중견 기업의 사장인 아버지에게 말해서 회사 변호사를 부탁했다. 형에게서 전화가 왔다. 회사 변호사보다는 전문 변호사가 도움이 될 거라며 전화번호를 주었다. 승소율 구십 퍼센트가 넘는다는 대형 로펌의 학폭 전문 변호사라고 했다. 나이 마흔을 넘으면서 깨달은 게 있다면 비싼 것이 제값을 한다는 것이었다. 수임료는 물어보지도 않았다. 건물을 팔아서라도 지불할 터였다. 두바이와의 계약 실패로 아버지의 눈 밖으로 밀려났다. 더구나 실패의 책임으로 이사직에서도 해임되었다. 회사는 부사장인 형 체제로 완전히 재편되었다. 물러나면서 받은 것이 강남에 있는 십오 층짜리 건물이었다.

아내는 아버지가 소개할 때 말한 대로 진솔한 사람이었다. 하지만 자기 연구에만 한정된 말이었다. 아내로서는 무뚝뚝했고 엄마로서는 무관심했다. 이번에 민우 일을 말했을 때도 당신이 알아서 해, 한마디가 전부였다. 아니, 실험 때문에 연구소에서 며칠 밤새워야 된다는 말도 덧붙였다. 입자 가속 뭐라는데 들어도 모를 말이었다. 민우 외삼촌이 부장검사라 도움을 받을까 싶었지만 오히려 다행이었다. 결혼할 때부터 말은 하지 않았지만 졸부 집 아들로 은근히 무시당했기 때문이었다.

지금 생각해 보면 미국에서 돌아오지 말았어야 했다. 작년에 아내가 미국 대학에 교환 교수로 갔다. 샌프란시스코에 집을 구했다. 유학원을 통해 필요한 절차를 밟아 구월에 민우는 사립 중학교에 입학했다. 한 달 정도 지났을까, 민우 방에서 쾅, 쾅 소리가 났다. 이마를 책상에 찍고 있었다. 책상에서 피가 흥건했다. 응급실에서는 소리를 지르며 발버둥을 쳤다. 왜 그랬어? 물어도 시선을 회피한 채 여전히 말이 없었다. 청소년심리센터에 데리고 갔다. 초등학교 때도 병원을 데려갈까 망설인 적이 많았다. 혹시나 병명이 나오고 소문이 날까 두려워서 계속 미뤘는데 미국이니까, 한국보다는 더 발전된 의료 체계를 가지고 있으니 제대로 검사를 받고 싶었다.

자폐성 발달 장애였다. 헉, 숨이 막혔다. 최세창 씨에게 자기 인생이 끝난 듯한 절망감이 엄습했다. 인정하기 싫었다. 아무도 몰라야 했다. 민우 엄마에게도 말하지 않았다. 민우가 울면서 계속 매달렸다. 하, 한, 한국, 가, 가자, 자세히 들으니 발음도 어눌했다. 그래, 가자, 그렇게 도망치다시피 되돌아온 한국이었다.

종소리가 들렸다. 최세창 씨는 교장실을 나왔다. 민우를 데리러 가기 위해 교실로 올라갔다. 계단을 올라가는 발걸음이 무거웠다.

옷이 땀으로 흠뻑 젖어 있었다. 악을 썼는지 목도 잠겨 있었다. 서수정 교사는 잠에서 깼다. 집인지 학교인지 분간이 되지 않았다. 햇살이 오피스텔 창을 통해 침대 주변을 비추었다. 오전 일곱 시였다. 씻고 출근해야 하는데, 마음과는 달리 몸이 움직여지지 않았다. 아침 일과처럼 민우의 얼굴이 떠올랐다. 담임을 맡고 있는 학생이었다. 요즘 들어 더 말이 없고 힘이 없어 보였다. 물기를 잔뜩 머금고 빨래 건조대에 축 늘어져 있는 교복 같았다.

학기 초에 학생들이 작성한 자기소개서가 생각났다. 3번. 최민우. 글자가 매우 컸다. 비뚤비뚤하면서도 큼직하게 적은 이름은 초등학교 저학년의 글씨체였다. 점심도 혼자 먹어서 학급 회장에게 따로 '말도 걸고 밥도 같이 먹어 줘' 하고 부탁을 했다. 유예를 신청하여 한 해 늦게 입학한 거라 여러모로 신경이 쓰였다.

서 교사의 학급 운영 철학은 '사람 냄새'였다. 그렇게 하려면 기본적인 예의와 상식이 필요했다. 예의는 다른 사람 앞에서 자기를 낮추고 상대를 존중하는 태도고 상식은 세상을 살아가는 데 필요한 최소한의 지식이다. 그래서 조종례 시간에는 배꼽 인사를 시켰다. 일어서서 두 손을 배꼽에 모으고 허리를 숙여 사랑합니다, 라고 말하며 인사했다. 처음에는 어색해했지만 아이들은 곧잘 따라 했다. 상식은 조회 시간에 퀴즈를 활용했다. 일반 상식에 난센스를 가끔 섞었다. 창이 찌르면서 하는 말은? 잠시의 대답할 시간을 주고 창피해, 라고 말하면 아이들이 웃었다. 서 교사에게는 이런 아이들의 웃음소리가 하루의 도파민이었다. '예의와 상식이 강물처럼 흐르는 2반!' 칠판 위 액자에 적혀 있는 급훈이었다. 아파트 단지로 둘러싸인 이 인공적인 도시에서 흙냄새는 아니더라도 사람 냄새를 맡으며 마음껏 뛰어놀게 하고 싶었다.

서 교사는 도저히 일어설 기력이 없었다. 아무 일 없었듯이 출근할 용기도 없었다. 아이들 얼굴을 마주하기가 부끄러웠다. 교감에게 전화하기 위해 핸드폰을 찾았다. 문자 메시지가 들어와 있었다. 드디어 꼬투리 잡아서 좋겠네, 최세창 씨였다. 손이 떨려서 핸드폰을 떨어뜨렸다. 몸도 핸드폰과 같이 아래로 늘어졌다.

처음에는 민우와 같이 등하교를 해 줄 수 없냐고 전화가 왔었다. 조종례 때문에 힘들다고 하니 그럼 범호, 동석이 민우에게 접근하는지 살펴 달라고 했다. 최대한 지켜보겠지만 장담할 수는 없다고 얘기하니 다음 날부터 문자가 시작되었다. 민우를 위해 아무것도 해 줄 수 없는 게 무슨 교사입니까, 이십 대인 사 년 차 교사가 뭘 알겠습니까, 그러니 남자 친구도 없지, 어느 순간 문자는 존대와 반말이 오가고 있었다. 넌 선생 자격이 없어, 어제 오전에 학교에서 받은 문자였다. 자기 아들의 담임에게 학부모가 보낸 문자라고는 도저히 상상이 되지 않았다. 최세창 씨가 교장실에 있다니 무슨 이유인지 물어보고 싶었다. 교장실로 내려가다 교감

을 만났다. 그동안 받은 문자를 보여 주고 교권보호위
원회에 회부하겠다고 말했다. 제가 무슨 잘못을 했기
에 이런 문자를 받아야 하는지 도저히 이해도 못 하겠
고 참을 수가 없습니다, 교감은 며칠만 더 생각해 보자
고 했다. 학교의 입장이 있으니 조금 더 신중할 필요가
있다는 것이었다.

교감에게 전화를 걸어 몸이 안 좋아 하루 쉬었으면
좋겠다고 했다. 수업 교환을 해 놓을 테니 내일은 꼭 출
근하라며 교감은 전화를 끊었다. 사무적인 말투가 느
껴졌다. 몸이 노곤해지면서 눈꺼풀이 감겼다. 이불을
덮고 다시 침대에 누웠다.

종례를 마치고 복도에 나왔다. 최세창 씨가 서 있
었다.

"교복 바지는 치수를 몰라 돈으로 드리면 안 되겠
냐고 범호 아버지가 물어보셨습니다."

"그래서 안 사 주겠다는 거지?"

최세창 씨는 팔짱을 끼면서 말했다.

"그럼 치수를 말씀해 주시면 바지를 사서 전
달……."

알았어, 더 이상 귀찮게 하지 마, 라며 최세창 씨는 말을 가로챘다. 교실에서 가방을 메고 민우가 걸어 나왔다.

"학폭에 연루되어 힘들 텐데도 그래도 민우는 정상적으로 학교생활 잘하고 있습니다."

민우를 보고 웃으며 서 교사는 말했다.

"정상적? 아니, 민우가 비정상이라고 누가 말했어? 어디서 들었어?"

최세창 씨의 목소리가 갑자기 커졌다. 청소를 하거나 지나가는 학생들이 이쪽을 쳐다봤다.

"아니, 그게 아니라 수업 시간에 바른 자세로 앉아 열심히……."

어디서 들었냐고? 최세창 씨의 목소리는 더 커졌다. 고함이 크게 울렸다. 그때, 갑자기 민우가 복도에 주저앉으며 소리를 질렀다.

"다, 다, 주, 죽여 버릴 거야!"

그러면서 주먹으로 복도 바닥을 치면서 엉엉 큰 소리로 울기 시작했다.

"민우야, 너, 왜 이래. 네가 이러니까 비정상이라는 소리를 듣는 거야!"

민우가 벌떡 일어섰다. 눈에 힘이 들어가 있었다. 주먹을 쥐고 서 교사를 향해 민우가 다가왔다. 팔을 휘둘렀다. 서 교사는 얼떨결에 뒤로 물러났다. 그러나 왼쪽 다리에서 아픔이 느껴졌다. 민우가 찬 발에 서 교사가 맞은 것이었다. 순식간에 일어난 일이었다. 주변에 서 있던 아이들이 놀라 민우를 잡았다. 학생부장이 중앙 계단에서 뛰어왔다. 서 교사는 손으로 다리를 잡고 복도 벽에 기대어 주저앉았다.

혁, 악, 비명과 함께 서 교사는 잠에서 깼다. 베개가 땀에 젖어 축축했다. 어젯밤과 같은 꿈이었다. 시계를 보니 오전 열한 시였다. 어제 학교에서 있었던 일이 생생하게 되살아났다. 현실과 꿈이 이렇게 토씨 하나 틀리지 않고 같을 수 있다니, 믿기지가 않았다. 자격도 없는 교사가 학생에게 폭행당했다, 이렇게 생각하니 얼굴이 벌겋게 달아오르면서 눈물이 났다. 다시는 아이들 얼굴을 볼 수가 없을 것 같았다. 아니, 자기 같은 사람은 애초에 교단에 서면 안 되는 것이었다. 사람 냄새가 아니라 자기 몸에서 악취가 진동하는 것 같았다. 서 교사는 숨고 싶었다. 아는 사람이 아무도 없는 곳으로 가고 싶었다.

물, 물이 생각났다. 몸에서 물이 빠져나가는 느낌을 받았다. 주르륵, 서 교사의 몸에서 빠져나간 물이 침대에 흘러넘쳤다. 물건들이 물 위에 둥둥 떠다녔다. 몸도 물 위에 떴다. 천장까지 수위가 올라갔다. 점점 숨을 쉴 수가 없었다. 마지막이구나, 천천히 숨을 내뱉었다. 물이 완전히 오피스텔 원룸을 가득 채웠다. 캄캄한 암흑이었다.

교감은 머리가 아팠다. 학교 폭력은 해결되었는데 이번에는 교권 보호였다. 우려했던 대로 서 교사가 말을 듣지 않았다. 요즘 젊은것들이란, 말이 자동으로 튀어나왔다. 교감, 교장은 안중에도 없었다. 예전 같았으면 교감 말에 감히 토도 달지 못했는데, 교감은 입맛을 적셨다. 교장까지 가려면 젊은 교사들의 비위도 맞춰야 했다. 지적하고 싶어도 꾹 참았다. 서글펐지만 시대가 변했으니 받아들여야 살아남을 수 있고 교장도 될 수 있을 터이다.

교권보호위원회라니, 교육을 하다 보면 이런저런 일이 생기는 것이고 교사니까 학생을 위해 참아야 하는 것이 당연했다. 그렇게 해서 속병이 생기니 선생 똥은 개도 안 먹는다, 는 속담도 있는 것이 아니겠냐며 서 교사에게 말해 주고 싶었다. 하지만 입 밖으로 꺼내지는 않았다. 이 말이 또 다른 구설수가 될 수 있음을 잘 알기 때문이었다.

어제 학교 폭력 전담 기구 심의를 개최하였다. 학교 폭력 신고를 취소하겠다는 최세창 씨의 요청에 따른 것이었다. 이럴 사람이 아닌데, 그동안 시달린 것에 비하면 너무 싱거운 결말이었다. 너무 갑작스런 일이라 교감은 그 저의가 의심스러웠다. 무언가 다른 꿍꿍이가 있을 것만 같은데 도무지 감이 잡히지가 않았다. 전담 기구 심의 장면도 떠올랐다.

"범호와 동석이 다시는 제 아들을 괴롭히지 않겠다고 약속하면 됩니다. 그리고 찢어진 교복 바지도 안 사 주셔도 됩니다."

전담 기구에서 발언한 최세창 씨의 요구 사항이었다. 범호와 동석은 민우와 악수하면서 미안하다고 말했다. 앞으로 이런 일이 절대 없을 것이라고 하면서 최세창 씨에게도 고개를 숙여 용서를 빌었다. 서면 사과로 심의는 마무리되었다. 일어서는데 최세창 씨가 잠시 이야기 좀 할 수 있느냐며 물었다.

"서 교사가 진단서를 끊었다는데 좀 볼 수 있을까요?"

교감실 앞 소파에 앉아 꺼낸 최세창 씨의 말이었다. 어떤 진단서, 아차, 싶었다. 개인 정보 보호 때문에 보여 줄 수 없다며 급히 말을 끊었다. 순간 최세창 씨의 얼굴이 일그러졌다.

교권보호위원회 때문이었구나, 교감은 그제야 최세창 씨의 의도를 파악했다. 서 교사를 잘 달래 보겠다는 식으로 에둘러 말했다. 이미 학교 폭력은 전담 기구 심의를 통해 학교장 자체 해결로 종결되었다. 그러면 교권보호위원회만 열리지 않으면 민우 사건은 여기서 완전히 끝낼 수 있었다. 모두가 좋은 행복한 결말이었다.

그제 서 교사는 진단서를 가지고 학교에 왔다. 아프다고 전화한 날로부터 출근도 하지 않고 있다가 삼 일이 지난 후였다. 한 달 정도 병가를 내고 싶다고 말했다. 진단서의 내용을 읽어 보았다. '주요 우울 장애', '6주의 안정가료' 등의 글자가 눈에 들어왔다. 부담임을 임시 담임으로 하면 된다고, 그렇게 하시라고 말했다. 그런데 돌아가지 않고 가방에서 다른 서류 봉투를 꺼냈다.

"정식으로 교권보호위원회 개최를 요청합니다."

짧고 단호했다. 봉투에는 최세창 씨와의 문자 내역, 통화 녹취 음성 파일을 담은 USB, 이 주간의 치료가 필요하다는 상해 진단서, 그리고 오늘 제출한 정신과 진단서가 들어 있었다. 서류의 가장 앞에는 학교교권보호위원회 심의 요청서와 관련 당사자(청구인) 진술서가 놓여 있었다. 가득 채워진 내용을 보면서 교감은 조금 어지러웠다. 교장 선생님과 상의한 후 결과를 알려주겠다고 서 교사에게 말했다. 최대한 빨리 부탁드립니다, 라는 말과 함께 서 교사는 돌아서서 나갔다. 빨리? 교감은 짜증이 났다. 자기 권리만 빠삭하게 알아 가지고, 혼잣말을 했다.

왜 몰랐을까, 지금 생각하면 교감은 어이가 없었다. 머리가 잠시 마비된 것 같았다. 업무가 없어져서 좋아했고 업무가 생겨서 싫어했던 거였다. 두 개의 사안이 연결되어 있다는 생각을 교감은 전혀 하지 못했다. 교권보호위원회를 열면 민우나 최세창 씨가 처벌을 받을 터였다. 그것을 막기 위해 학교 폭력을 취소한 것이었다. 이 단순한 것을 생각하지 못하다니, 교감은 어리

석다는 듯 자기 머리를 톡톡 쳤다.

최세창 씨는 억울했다. 속에서 올라오는 까닭 모를 분노에 주먹을 꽉 쥐었다. 얼마나 쥐고 있었는지 손이 저릿해지면서 손가락이 펴지지 않았다. 주먹이 창백했다. 마음이 차가워서인지 집 안이 서늘하게 느껴졌다. 학폭으로 집어넣어 평생 따라다니는 꼬리표처럼 괴롭게 만들고 싶었는데, 내 아들을 건들면 이렇게 된다는 걸 세상에 보여 주고 싶었다. 아빠가 힘이 없어서 미안해, 옆에 있는 민우에게 말했다. 민우는 대꾸도 없이 자기 방으로 들어갔다. 오늘따라 방문 소리가 애처롭게 들렸다.

변호사에게 전화를 걸었다. 학폭 신고를 취하했으며 진단서는 확인하지 못했다고 말했다.

"서 교사 본인의 의사가 가장 중요합니다. 그렇게 하려면 진단서의 내용을 봐야 하는데, 음, 다음에 기회가 있겠지요. 학폭으로 인한 학생들의 피해가 없으니 이것으로 사건이 일단락되었다고 서 교사가 여기게 만들어야 합니다. 그래야 다른 생각을 하지 않겠지요. 결론은 어떻게 해서든 교권보호위원회를 개최하지 않아야 한다는 겁니다. 여기서 마무리되면 좋겠지만 앞으로 상황이 어떻게 진행될지 모르니 좀 더 지켜보도록 하겠습니다."

알겠다며 최세창 씨는 전화를 끊었다. 교권보호위원회인가 뭔가를 개최하지 않는 방법을 말해 줘야지, 상황을 지켜보겠다니, 마음에 들지 않았다. 처음 이야기를 들었을 때는 하도 어이가 없어 이게 왜 교권인지 뭔지에 걸리는지 변호사에게 물었다.

"민우 케이스는 교육 활동 침해 행위 중에 폭행에 해당됩니다. 아버님 말씀처럼 신체적인 접촉은 없었지만 팔이나 다리를 휘둘러 때리려고 한 경우도 해당되기 때문입니다. 아버님 케이스는 조금 복잡합니다. 일단 구체적인 사실 관계 파악 없이 교사에게 모욕적인 메시지를 전송하였기 때문에 교육 활동 침해에 해당될 소지가 있습니다. 그리고 이거는 좀 다른 건데 전화를 이용해 불안감을 유발하는 메시지를 반복적으로 전송하여 상대방이 불안감을 느꼈다면 정보통신망 이용 촉진 및 정보 보호 등에 관한 법률 위반에 해당될 수 있습니다. 아, 그리고 교장실에 앉아 계셨던 것도 공무 집행 방해에 해당될 여지가 있습니다."

최세창 씨는 자기는 어떻게 되어도 상관없다고 생각했다. 하지만 민우가 문제였다. 때린 것도 아니고 때리려고 한 경우도 해당된다니, 이것은 주변에 목격자들이 있었기에 어떻게 할 수가 없었다. 민우 처벌은 어떻게 돼요? 다시 물었다.

"학교 봉사, 사회 봉사, 특별교육 또는 심리 치료, 출석 정지, 전학이 있습니다. 물론 조치 결과에 대해 불복할 수 있습니다. 전학은 도교육청 학생징계조정위원회에 재심을 청구할 수 있고 그 외의 조치에 대해서는 행정 심판이나 행정 소송을 청구할 수 있습니다. 여기까지 간다면 책임지고 승소할 수 있도록 최선을 다하겠습니다."

최세창 씨는 믿음이 갔다. 비싼 것에는 이유가 있구나 싶었다. 재판으로 가면 왠지 이길 수 있을 거라는 확신이 들었다. 변호사를 믿고 끝까지 가 볼까 하는 생각도 들었지만 이내 거두었다. 어떤 식으로든 소문이 날 것이었다. 혹시라도 언론에 새어 나간다면 아버지 회사도 타격을 받을 수 있었다. 무시하는 아버지의 눈빛을 상상하는 순간, 최세창 씨는 고개를 저었다. 생각만으로도 끔찍했다. 아내 집안에서도 곱지 않은 시선이 날아들겠지, 벌써부터 몸이 움츠러들었다. 민우의 치료를 망설이는 이유도 여기에 있었다. 그리고 아직까지는 미국에서 보였던 행동의 징후는 발견되지 않았다. 조금씩 나아지고 있다고 생각했다. 민우의 방을 물끄러미 쳐다보았다. 아무런 인기척이 느껴지지 않았다. 못난 애비 때문에 네가 고생하는구나, 최세창 씨는 스스로를 원망했다.

서 교사는 힘없이 병원을 나왔다. 출입문을 열자 쏟아지는 햇빛에 무방비 상태로 노출되었다. 어지러웠다. 비틀거리며 병원 앞에 있는 가로수에 몸을 기댔다. 눈을 감았다. 가슴에 압박 붕대를 한 것처럼 숨쉬기조차 힘겨웠다. 요즘에는 조그만 소리에도 깜짝깜짝 놀랐다. 무엇보다 잠을 잘 수 없었다. 잠자는 사이에 누군가 목을 조를 것 같은 불안감이 생기기 시작했다. 알몸으로 세상에 던져진 느낌이었다. 발가벗겨진 채 아무것도 할 힘이 없었다. 의사는 트라우마로 인한 증상이라고 했다. 증상을 호소할 때마다 먹어야 하는 알약의 개수만 늘어났다. 약 기운이 떨어지면 현실인지, 꿈인지, 환상인지 분별이 되지 않았다.

나무에 기대어 한참을 서 있었다. 겨우 눈을 떴다. 나뭇잎이 보였다. 갈색이었다. 중간중간 벌레 먹은 자국도 있었다. 찢기고 큰 구멍도 났다. 참 이상한 일이었다. 계절은 봄인데 나뭇잎의 상태는 가을이었다. 주위를 둘러보았으나 생소한 곳이었다. 낯선 도시에 홀로 내팽개쳐진 기분이었다. 현기증이 일었다. 나무를 잡고 주저앉았다. 바람이 얼굴을 때리듯이 지나갔다. 바닥에 나뭇잎이 떨어졌다. 무심코 보니 사람 얼굴이었다. 눈, 코, 입, 웃고 있었다. 아, 민우였다. 망가지고 찢긴 민우가 웃고 있었다. 놀라 일어서려고 나무를 잡았다. 어딜 잡아? 약점 잡아서 좋겠네. 나무줄기가 몸서리치며 서 교사의 손을 뿌리쳤다. 어느새 잡고 있는 것이 나무줄기가 아니라 민우 아버지의 허리로 변해 있었다. 꼭대기에는 수많은 학생들이 대롱대롱 매달려 있었다. 아, 저기, 우리 반 아이들도 있구나, 하지만 냉담한 표정이었다. 학기 초의 웃던 아이들이 아니었다. 그 옆에 민우도 있었다. 얼굴이 점점 일그러졌다. 다 죽여 버릴 거야! 칙칙……칙, 민우가 입 속에서 하얀 액체를 내뿜었다. 그 액체가 닿은 나뭇잎의 색깔이 점점 핏빛으로 변해 갔다. 갑자기 나무가 심하게 흔들렸다. 아니, 나무가 붉은 액체를 뿌리면서 요동치는 것이었다. 붉은 잎들이 서 교사 주위로 떨어졌다. 선생님, 살려 주세요! 외마디 비명을 지르고 아이들은 콘크리트 바닥에 비 맞은 것처럼 흐느적거리며 떨어져 쌓였다.

서 교사는 게슴츠레 눈을 떴다. 깨어 보니 병원 침대였다. 쓰러졌고 행인들이 모여들었고 누군가 소지품을 보다 병원 이름이 적힌 약 봉투를 발견하여 병원으로 연락했다는 간호사의 설명이 뒤따랐다. 보호자는 안 계세요, 하고 덧붙여 물었다. 네, 지금 혼자 살아서, 부모님은 지방에 계시고요, 조금만 누워 있다 일어날게요, 서 교사는 말하면서 에코 백에서 약 봉투를 찾았다. 간호사는 종이컵에 물을 따라 주면서 안정될 때까지 천천히 쉬다 가세요, 라고 말하며 치료실 문을 닫고 나갔다. 약을 먹으면 기분 나쁜 무기력감이 찾아왔다. 몸이 급격히 다운되면서 무장 해제된 상태랄까, 그래서인지 부풀어 오르려는 불안과 두려움도 아래로 누르는 것 같았다. 그러다 어느 순간 잠이 쏟아졌다. 자고 일어나면 여기가 어딘지 헷갈렸다. 하루에 두세 시간이라도 잘 수 있는 것도 함께 들어 있는 수면제 덕분이었다. 약 기운인가, 다시 몸도 감정도 가라앉았다.

생각이 또 비집고 들어왔다. 생각을 안 할 수 없을까, 호흡을 하면 공기가 몸속으로 들어오듯 혼자 있을 때는 생각이 공기처럼 머릿속으로 들어왔다. 하지만 공기는 밖으로 나가는데 생각은 눌러앉아 머릿속을 돌아다니면서 헤집어 놓았다. 알을 까듯 더 많은 생각들을 여기저기 쏟아부었다. 그 생각들을 따라가다 보면 어느 순간 이중 삼중의 거미줄에 칭칭 감겨 옴짝달싹할 수 없는 상태가 되었다. 그 끝은 항상 검은 암흑이었다. 거미줄에 매여 죽기만을 기다리는 곤충처럼 하나의 검은 점으로 소멸되어 사라졌다.

강, 그래, 강이었다. 오피스텔 원룸을 가득 채운 물이 아니라 강물이었다. 해가 질 무렵이었다. 물결은 윤슬로 반짝였다. 어서 오라고, 어서 오라고 손짓하고 있었다. 서 교사는 한 발 물속으로 들어갔다. 따뜻했다. 한 발 더 걸어갔다. 부드러웠다. 가슴팍까지 강물에 잠겼다. 강물은 포근하게 서 교사를 감싸 안았다. 고생했다며 등을 토닥였다. 얼굴이 물속으로 들어갔다. 마지막이구나, 서 교사는 이 세상의 마지막 숨을 천천히 내뱉었다. 끝이었다. 그러면 되었다. 태어나지 않았던 것처럼 그렇게 사라지면 되는 것이었다.

병원 앞 도로에 택시가 대기하고 있었다. 혼자 걸을 수 있을 정도는 되었지만 출입문까지 따라 나온 간호사가 타고 가라며 택시 문을 열어 주었다.

"강이 있는 곳으로 가 주세요. 한강 말고 노을이 지는 강으로요."

택시 기사에게 말했다. 서쪽으로 가야겠네요, 알겠습니다, 대답과 함께 택시는 출발했다. 라디오에서 노래가 흘러나왔다. 노래가 끝날 즈음 진행자가 말을 이었다.

"상식 퀴즈 시간이 돌아왔습니다. 상식은 사람들이 보통 알고 있거나 알아야 하는 지식을 의미하는데요, 이해력, 판단력, 사리 분별 따위가 포함된다고 합니다. 가두리 양식장에 태풍이 불어와서 물고기들이 도망쳤다고 하는데요, 그 근처에서 낚시를 하는 사람들이 있었다고 합니다. 과연 상식이 있을까요? 그럼 여기서 오늘의 상식 퀴즈, 어느 한 곳에서 일어난 작은 나비의 날갯짓이 뉴욕에, 아니 가두리 양식장에 태풍을 일으킬 수 있다는 이론은 무엇일까요? 네, 답을 아시는 청취자께서는 문자로 보내 주시기 바랍니다. 상식이 강물처럼 흐르는 사회를 소망하면서 노래 한 곡 듣고 오겠습니다."

서 교사는 차창 밖을 바라보았다. 빼곡한 나무와 건물 속에서 아이들 얼굴이 스치며 지나갔다. 민우의 얼굴에서는 속도가 느려졌다. 이거 하나 드실래요? 택시 기사가 물었다. 그러면서 서비스용이라며 사탕을 내밀었다. 그래, 그날이 3월 14일 화이트데이였다. 복도에 민우가 쭈뼛거리며 서 있었다. 서 교사가 지나가자 주머니에서 무언가를 꺼냈다. 막대 사탕이었다. 건네면서 수줍게 웃던 민우의 얼굴이 떠올랐다. 지워지지 않는 잔상처럼 오래도록 남아 있었다.

교권보호위원회가 개최되었다. 서 교사가 요청한 날로부터 십 일이 지난 후였다. 교감은 더 미루고 싶었지만 규정 때문에 어쩔 수 없었다. 그리고 교육지원청에 결과를 공문으로 보고하려면 정리할 시간이 필요했다. 최세창 씨는 출석요구통지서를 받고 교감에게 전화를 걸었다. 변호사와 함께 가면 안 되는지를 물었다. 교감은 당사자와 위원들만 참석할 수 있다고 대답했다.

위원장은 학부모 위원, 교원 위원, 지역 위원 등 참석 인원을 확인하고 개의를 선언했다. 절차를 안내하는 간사의 말이 이어졌다. 교원과 학생, 학부모 모두 분쟁 조정에 동의하였기에 이 자리에 함께 모여서 서로의 의견을 요구하고 합의하는 단계입니다. 성립하면 조정합의서를 작성하고 서명 날인하면 됩니다. 성립하지 않을 경우 교원 피해 진술, 피해 사실에 대한 위원질문, 침해 학생 및 학부모 진술, 침해 사실에 대한 위원질문, 교육 활동 침해 여부 심의, 침해 행위자 조치 심의로 이어지며 최종 의결을 거쳐 조치를 결정하게 됩니다, 라고 순서에 대해 설명했다.

"학교교권보호위원회의 조치는 처벌이 아니라 교육적 선도와 교육 활동 보호를 목적으로 합니다. 그리고 교육 활동 침해 행위 여부를 먼저 심의합니다. 그 결과 교육 활동 침해 행위에 해당하는 경우 교육 활동 침해 행위의 심각성·지속성·고의성, 반성 정도 및 선도 가능성, 피해 교원과의 관계 회복 정도를 나눠 드린 기준표에 따라 점수로 의결하게 되며 이 점수를 모두 합산하여 해당되는 조치를 결정하게 됩니다."

간사의 말을 들으며 교감은 이 일이 분쟁 조정에서 끝나기를 바랐다. 그럼 학폭과 마찬가지로 교권 문제도 원만하게 종결할 수 있었다. 서 교사와 민우, 최세창 씨가 회의실로 들어왔다. 간사로부터 사안 설명을 듣고 사실과 같음을 확인했다. 서 교사가 먼저 발언했다.

"많이 힘들었습니다. 그리고 지금도 많이 힘듭니다. 감정의 기복도 심하고 잠도 못 잡니다. 우울증 약과 수면제에 의지하고 있습니다. 우선 교사의 자격이 없다는 말에 상처를 받았습니다. 그리고 학급 아이들이 보는 앞에서 학생에게 발길질을 당했을 때는 더 이상 교단에 서지 못할 것이라 생각했습니다. 저라는 존재 자체가 무너져 내렸습니다. 하지만 그럴 때마다 아이들 얼굴이 떠올랐습니다. 저희 학급 급훈이 '예의와 상식이 강물처럼 흐르는 2반'입니다. 나보다 남을 먼저 생각하는 예의에 대해, 그리고 일반적인 사람들이 알고 있는 상식에 대해 깊이 고민했습니다. 제 판단의 기준은 민우였습니다. 제가 어떻게 하는 것이 민우에게 도움이 될까만 생각했습니다. 민우가 무사히 이 학교를 졸업하면 됩니다. 더 이상 바라는 것이 없습니다. 왜냐하면 용서는 다른 사람이 아닌 저를 위해서 하는 것임을 깨달았기 때문입니다."

서 교사는 할 말이 많았지만 여기서 말을 마치고 자리에 앉았다. 목이 메어 더 이상 말이 나오지 않았다. 최세창 씨를 미워하면 할수록 힘들었다. 그 미움의 감정이 그대로 스스로에게 돌아왔다. 반면 용서라는 단어를 떠올리자 마음이 편안했다. 미워하지 않으니 돌아올 화살이 없었다. 그래, 서수정, 잘했어, 속으로 말했다. 다음이 민우의 차례였다.

"죄, 죄송하, 합니다, 서, 선생님, 고, 고맙습니다."

민우는 일어서서 말하고 다시 자리에 앉았다. 서 교사는 민우답다고 여기며 민우의 얼굴을 쳐다봤다. 자연스럽게 미소가 지어졌다. 최세창 씨가 일어섰다.

"민우와 같은 마음입니다. 선생님께 죄송하고 고맙습니다. 못난 아들을 가진 부모의 심정을 헤아려 주셨으면 합니다. 아버지로서 아들을 지키고 싶었습니다. 정상적인 아들로…….아닙니다. 이상입니다."

최세창 씨는 급하게 말을 끊고 앉았다. 누가 누구를 용서해? 흥분해서 목소리가 커질 것 같았다. 최악의 경우, 어떤 조치를 내리더라도 불복할 것이다, 재심에 소송까지 준비되어 있다, 는 말이 입에서 맴돌았다. 변호사와 상의해서 미리 준비한 말이었다. 하지만 여기서 끝내는 게 민우를 위해 나았다. 사립 명문으로 전학을 시키든, 홈스쿨링을 하든 그건 차후의 문제였다.

교감은 빨리, 오 분 만에 합의서를 작성하도록 담당 교사를 재촉했다. 원래는 우편으로 합의서를 보내게 되어 있었다. 하지만 지금 바로 사인을 받고 사건을 종결시키고 싶었다.

"이로써 당사자 사이 조정이 성립되었습니다. 양 당사자는 서로의 입장을 이해하는 마음을 확인하고 양보하는 마음으로 합의서를 작성하였으므로 이를 성실히 이행하여 주시기 바랍니다. 모두 고생하셨습니다."

위원장의 폐회 선언이었다. 양보하는 마음, 이라는 말이 메아리처럼 회의실 밖으로 퍼져 나갔다.

덕봉 송종개

그날도 꿈속에서 나비가 되었다. 담양 본가에 있는
배나무에 앉아 있었다. 하얀 이화의 꽃잎처럼 날개가
바람에 하늘거렸다. 달착지근한 향기가 이끄는 곳으로
날개를 퍼덕였다. 어느새 죽녹원이었다. 짙은 녹색의
대나무 숲이 끝없이 펼쳐져 있었다. 가장 높은 가지에
앉았다. 살랑이며 나뭇잎을 흔드는 바람의 숨결이 따사
롭게 느껴졌다.

나뭇잎이 바람에 흔들리는 소리가 들렸다. 그 바람이 덕봉의 방문도 스치듯 지나갔다. 덕봉은 흠칫 놀라 몸을 웅크렸다. 마음의 소리가 밖으로 새어 나온 것인가 싶었다. 방 안으로 달빛이 은은하게 스며들었다. 덕봉은 고개를 돌려 물건들을 천천히 바라보았다. 달빛이 흐릿해지더니 주변이 어두워졌다. 구름에 가려진 모양이었다. 덕봉은 한식경이 넘도록 눈을 뜬 채 앉아 있었다. 생각의 꼬리들이 또 다른 생각으로 이어졌고 그 끝은 긴 한숨이었다. 그렇게 길게 숨을 내쉬고 나면 알 수 없는 감정이 또 다른 감정을 만들어냈다. 덕봉은 생각의 사슬을 끊으려는 듯 일어나 창을 열었다. 달은 산자락에서 한 뼘쯤 위에 걸려 있었다. 내 마음 알까, 덕봉은 빤히 달을 바라보았다. 그러나 달은 무심하게 하늘 위에 떠 있을 뿐이었다. 달이 미암(眉巖) 같다고 덕봉은 생각했다. 세상에 같이 존재하지만 같은 공간에는 있을 수 없었다. 보이지만 잡을 수 없는 것이 이 세상에는 존재했다.

오늘 받은 미암의 서신 한 구절이 다시 머릿속을 어지럽게 돌아다녔다. 신의를 저버리겠다고? 서신을 끝까지 읽고 처음으로 떠오른 생각이었다. 나를 함부로 대하는 것은 억지로라도 넘어갈 수 있었다. 하지만 이건 선친에 대한 배신, 아니 우리 가문 전체에 대한 모욕이었다. 그동안 내가 어떻게 살았는데, 덕봉은 혼잣말을 하면서 또 긴 한숨을 내쉬었다. 칠월의 저녁 공기가 덕봉의 긴 숨과 섞이면서 지난 세월을 일깨웠다.

덕봉은 십육 세에 미암과 혼례를 올렸다. 미암의 형과 친구인 면앙정(俛仰亭) 송순이 중매를 섰다. 어느 날 면앙정이 향교에서 독서하고 있는 미암을 찾았다. 혼기가 늦었다며 마침 송씨 가문에 재색 겸비한 처자가 있다고 말했다. 혼례 후에 둘은 각자의 고향에 머물렀다. 이미 진사시에 합격한 미암은 과거 공부를 이유로 해남에서 지냈고 덕봉은 담양에 있었다. 이 년 후에 미암이 별시문과 병과에 급제하여 한양에서 벼슬살이를 시작하였다. 한양에서, 그리고 현감으로 있은 무장에서 구 년 남짓 함께 생활하다가 미암이 유배를 가게 되었다. 양재역에 여자 임금과 간신 때문에 나라가 망할 것이라는 벽서가 붙은 것이 발단이었다. 혼례를 치른 지 십일 년 만이었고 그때 덕봉의 나이는 이십칠 세였다. 미암은 이십일 년을 유배지에서 생활했다. 처음에는 제주도로, 다음에는 제주도가 해남과 가깝다는 이유로 함경도 종성으로 이배되었다가 충청도 은진으로 옮겨 이 년 후에 해배를 맞이했다.

그 긴 세월, 젊었던 시절이 암흑처럼 덕봉의 눈앞에 다가왔다. 미암 없이 아이들과 시어머니까지 건사하며 집안 살림을 겨우겨우 꾸렸다. 그 모진 세월을 고향인 담양에서 홀로 견뎠다. 특히 여자 혼자 힘으로 시어머니 장례를 치르고 삼년상을 마치자마자 함경북도 종성으로 미암을 찾아갈 때 입었던 풍한이 지금까지도 덕봉의 몸을 괴롭혔다. 그런데 이런 나에게 어떻게, 미움과 배신이 뒤섞인 감정이 또다시 올라왔다. 생전 처음 느끼는 마음의 상태였다. 기대한 만큼 실망도 크다고 했지만 막상 당하고 보니 덕봉은 어찌할 줄을 몰랐다. 주먹 쥔 손을 떨면서 가만히 있을 뿐이었다. 또 일각을 그렇게 앉아 있었다.

"내가 죽은 뒤에 성심을 다해서 내 묘 곁에 비석을 세우도록 하라."

앉아 있는 덕봉의 귀에 선친의 말이 들렸다. 귀를 막았지만 머릿속에서 계속 울렸다. 또렷한 선친의 음성이었다.

사 년 전에 해배되자마자 미암은 충청도 은진에서

바로 한양으로 갔다. 유배지에서 경연관으로 제수되었기 때문이었다. 덕봉은 종성과 은진에서 미암의 유배 뒷바라지를 하며 함께 살기도 했다. 하지만 그것은 유배지의 삶이었다. 무엇 하나 마음대로 할 수 없었기에 덕봉도 함께 은진에 유배된 셈이었다. 덕봉은 남들처럼 자유롭게 미암과 함께 있고 싶었다. 떨어져 보낸 세월이 너무 길었기 때문이었다. 그래서 덕봉은 가족들을 이끌고 한양으로 올라가 일 년 정도 미암과 같이 보냈다. 미암은 새로 즉위한 임금의 글 스승이었지만 벼슬에는 큰 뜻이 없었다. 이십 년 넘은 유배 생활이 미암에게 남긴 교훈이었다. 그래서 재작년 구월에 미암은 임금에게 사직을 청한 후 가족과 함께 담양에 내려와 지냈다. 그런데 그해 십일월에 미암을 부제학으로 임명하는 교지가 내려왔다. 미암은 홀로 한양으로 올라가 벼슬살이를 하였고 일 년 후인 작년 시월, 또다시 병을 이유로 사직을 청해 미암의 고향인 해남에 머물렀다. 해남 집이 완성되었기 때문이었다. 올해 초에 덕봉도 가족과 함께 해남으로 이사하여 머물던 중, 이번에는 미암이 전라도 감사에 임명되었다. 미암은 즉시 임금에게 하례하기 위해 한양으로 떠났고 후에는 전

주에 머물면서 임지인 전라도의 여러 곳을 순찰하며
지냈다.

덕봉에게는 기회였다. 선친의 유언을 실천할 수 있
는 최적의 조건이었다. 경제적인 이유로 차일피일 미
루던 일이었다. 그런데 미암이 전라도 감사가 되었으
니 이보다 더한 기회는 없었다. 선친이 물려주었던 재
산에 더하여 받았던 사랑에 보답하는 길이었다. 아니,
그것은 자식으로서 마땅히 해야 할 도리였다.

덕봉은 자신의 어린 시절을 떠올렸다. 사헌부 감찰
을 지내고 낙향한 아버지가 영민하고 학문을 좋아하
는 덕봉을 알아보았다. 부친이 옆에 끼고 역사와 경서
를 가르쳤다. 나이가 들면서 작문을 배울 때 부친이 외
조부의 피를 이어받았구나, 라고 말했다. 매화와 창과
달을 벗하며 술을 즐기면서 한가롭게 살고자 하는 심
정을 노래한 가사를 적은 이인형이 덕봉의 외조부였
다. 부친은 딸의 재능을 높이 평가해 '성중(成仲)'이라
는 자도 지어 주었다. 남자의 전유물이었지만 부친에
게 덕봉은 예외였다.

미암이 충청도 은진에서 유배 생활을 할 때 덕봉이
보아 둔 것이 있었다. 마침 그곳에서 생산하는 돌의 품

질이 가장 좋았다. 석공을 불러 값을 주고 배에 실어 해남 바닷가로 옮겼다. 이듬해에 담양으로 돌을 가지고 왔으나 인력이 모자라 깎아 세우지는 못한 상태였다. 그래서 미암에게 서신을 보내 도움을 요청했다. 염원을 이룰 수 있을 거라는 기대에 마음이 부풀어 올랐다. 그런데 돌아온 대답은 동복(同腹)끼리 사비로 하면 그 밖의 일을 도와주겠다는 것이었다. 덕봉은 어이가 없었다. 몽둥이로 뒤통수를 세게 맞은 느낌이었다. 한양에서 첩을 얻겠다고 했을 때는 억울하고 분했는데 이번에는 뭐랄까, 스스로가 비참했다. 자신의 존재가 땅바닥으로 한없이 추락해서 흔적도 보이지 않았다. 그러다가 가슴 밑바닥에서 배신감이 들었다. 이건 믿음에 대한 거부였다. 작년에 미암이 예전 친구가 뜻을 얻은 뒤에 신의가 없어졌다며 덕봉에게 탄식했던 적이 있었다.

"차라리 남이 나를 저버릴지언정 내가 남을 저버리지는 말 것이니, 우리들은 이와 같이 아니하면 되는 것이오."

덕봉이 말하면서 미암을 위로했다. 그런데 정작 지금 미암이 신의를 저버리려고 하는 것이었다. 다시 손이 부르르 떨렸다. 덕봉은 종이를 준비하고 붓을 들었다. 혼란스러울 때 글로 생각을 풀어내면 정리가 되었기 때문이었다. 들고 있는 붓이 흔들렸다.

미암 보시오.
천지만물 가운데 사람이 가장 귀하다는 것은 성현이 교화를 밝히고 사람들이 삼강오륜의 도를 행하기 때문이오.

글자도 어긋어긋 비뚤거렸다. 이런 적은 처음이었다. 생각 따라 마음이 움직이고 마음 따라 글자를 만든다는 말이 떠올랐다. 서신을 받은 오후부터 덕봉은 하나의 생각에만 몰두하고 있었다. 조금 있으면 자정이었다. 얼굴이 터질 듯이 부풀어 올랐다. 화기가 머리로 몰렸기 때문이었다. 뒤통수에서 콕, 콕 찌르는 두통이 간헐적으로 느껴졌다. 덕봉은 직감적으로 더 이상 생각을 하면 안 된다는 것을 알았다. 몸을 끌다시피 움직여 이부자리를 깔았다. 눈을 감고 누웠다. 아무 생각도 하지 않으려고 했지만 더 많은 생각들이 머릿속에서 떠돌아다녔다. 생각을 멈추자, 덕봉은 마음속으로 되뇌면서 내쉬고 들이쉬는 숨에 집중했다. 반복되는 호흡의 끝자락 어디선가 잠이 들었다.

편전에 덕봉이 서 있었다. 임금이 가운데에 앉아 있고 적색 관복을 입은 당상관들이 좌우로 도열해 있었다. 영상이 아뢰었다.

"전하, 자고로 지방에서 혼자 올라온 관리가 한양 생활을 하면서 첩을 두는 것은 관례이옵니다. 그러니 미암 유희춘은 전혀 잘못이 없사옵니다. 오히려 이것을 두고 무고를 일삼는 덕봉을 벌하시옵소서."

짐도 그렇게 생각하오, 예조판서 덕봉은 할 말이 있으면 하시오, 임금이 덕봉을 보면서 말했다.

"전하, 군자는 자신의 행실을 닦고 스스로의 마음을 다스려야 하옵니다. 하지만 미암은 한양에서 넉 달 남짓 혼자 지냈다고 부인에게 자랑을 하였으며 더구나 부인에게 은혜를 베풀었다고 하였사옵니다. 스스로 안정하고 결백하면 세상 모두가 알아보고 인정할 것이옵니다. 신은 그저 미암에게 정욕을 억제하여 건강을 보존하라고 말한 것뿐이옵니다."

경의 말도 맞는 말이오, 여기 있는 대신들은 이 문

제에 대해 더 할 말이 있으시오? 임금이 묻자 좌의정이
말을 받았다. 큰 목소리가 편전 안에 울렸다.

"전하, 조선은 성리학적 질서를 근간으로 하는 나
라이옵니다. 반상의 법도가 있으며 남녀의 차별이 엄
격히 존재하옵니다. 아녀자는 지아비의 말을 따라야
하는데 덕봉은 그 법도를 깨뜨린 것이옵니다. 이는 나
라를 능멸한 중죄이옵니다. 엄벌에 처하여 다시는 이
런 일이 발생하지 않도록 경계의 모범을 세우셔야 하
옵니다."

덕봉은 임금의 허락도 받지 않고 대답했다. 머릿속
에서는 이렇게 해도 되나, 싶었지만 말을 먼저 내뱉은
후였다.

"전하, 신은 억울하옵니다. 미암의 유배 기간이 이
십일 년이었사옵니다. 저는 그 기간 동안 혼자 몸으로
자식들 건사하며 독숙하였사옵니다. 넉 달과 비교할
수도 없는 세월이옵니다. 더구나 그 와중에 시모가 돌
아가셨습니다. 신은 자부 된 도리로서 지성으로 예에
따라 장례를 치르고 삼년상까지 마쳤사옵니다. 곁에
서 지켜보던 사람들이 친자식이라도 이보다 더 할 수
는 없다고 말할 정도였사옵니다. 이런 저를 벌하신다

면 세상 사람들이 비웃을 것이옵니다. 부디 헤아려 살
피시기를 바라옵니다. 전하."

　여기저기서 웅성거리는 소리가 들렸다. 아녀자가
관리가 되니까 이런 일이 일어나지, 말세야 말세, 나라
가 어떻게 되려고, 등의 말들이었다. 덕봉은 고개를 들
어 임금의 용안을 쳐다보았다. 그런데 얼굴이 보이지
가 않았다. 곤룡포를 입고 머리에는 익선관을 쓰고 있
었지만 얼굴은 형체가 없었다. 검은색의 동그란 모양
이었다. 허억, 덕봉은 잠에서 깼다.

　놀란 가슴이 진정이 되지 않았다. 심장 소리가 귀에
까지 들렸다. 마른침을 삼키면서 몸을 일으켰다. 이마
의 땀이 적삼 위로 떨어졌다. 자리끼를 마시고 일어나
서 옥창을 열었다. 새벽의 서늘한 기운과 함께 바람이
들어왔다.

　재작년 미암에게서 받은 서신이 생각났다. 그때의
일이 응어리로 남았다가 필경 꿈으로 나타난 것이라
덕봉은 생각했다. 미암이 부제학으로 제수되어 혼자
한양으로 올라간 후 보낸 서신이었다. 미암의 나이 오
십팔 세인데 첩을 들이겠다니, 이런 생각이 들자 덕봉

의 얼굴이 벌겋게 달아올랐다. 보아 둔 여인이 있나, 싶은 시기 비슷한 감정도 올라왔다. 첩이 없었던 것도 아니었다. 미암이 유배를 떠날 때 패물을 팔아 열네 살의 여자아이를 미암에게 딸려 보냈다. 집안 살림을 맡기기 위해서였다. 미암은 유배 생활 동안 그 여자아이에게서 딸 넷을 낳았고 해배 이후에는 덕봉이 해남에 보내어 살림을 살펴 주고 있었다. 하지만 이것은 유배 기간이었고 미암을 돌볼 사람이 없었기 때문에 생각해낸 궁여지책이었다. 하지만 이번에는 경우가 달랐다. 한양 미암의 집에는 남녀 합해서 종이 일곱이나 있었다.

덕봉은 즉각 반대의 서신을 보냈다. 미암이 하려는 일과 덕봉이 한 일을 세세히 적어 무엇이 가볍고 중한 것인지를 미암 스스로 헤아려 보라는 내용이었다. 서신을 보내고 얼마 뒤에 답신이 왔다. 덕봉의 말과 뜻이 다 좋아 탄복을 금할 수 없다, 며 자신의 생각이 짧았음을 인정하는 내용이었다. 여색을 멀리하고 있으며 다시 예전처럼 책을 읽고 글을 적고 있다고 하였다. 덕봉은 다행이라 생각하면서도 이것 때문에 상처받은 것을 생각하면 마음 한편이 저렸다. 어떻게 보면 덕봉에게 허락을 구하는 것일 수도 있었다. 너무 매몰차게 반대했나 싶은 생각도 들었다. 하지만 안 되는 것은 안 되는 것이다, 되뇌며 스스로를 위로했다.

한편으로 미암과 한양에서 지냈던 일 년 남짓 동안 덕봉은 즐거운 추억이 많았다. 멀리서나마 꿈에 그리던 임금의 행차도 지켜보았다. 혼자 집에 있을 덕봉을 위해 미암이 술을 보내 준 것도 생각이 났다. 승정원에서 숙직을 한다면서 며칠 동안 집에 들어오지 않았다. 그날은 갑자기 날씨가 추워져서 옷과 이불을 챙겨 미암에게 보냈다. 심부름 갔던 종이 술 한 동이와 미암이 적은 시를 가지고 왔다. 추운 날씨에 냉방에 앉아 있을 임이 생각난다며 하품의 술이지만 언 속을 덥히라는 내용이었다. 한양에서 남의 집을 빌려 살고 있는 신세였지만 미암의 시는 덕봉의 마음까지 따뜻하게 데워 주었다.

덕봉은 미암이 보낸 시의 이구에 방(房)과 사구에 장(腸)을 차운하여 오언절구의 시를 보냈다. 국화잎에 눈발이 날리지만 승정원에는 따뜻한 방이 있는지를 묻고, 차가운 방에서 보내 준 술로 언 속을 채우니 고맙다는 화답이었다.

여색을 조금 밝혔지만 미암은 속이 따뜻한 사람이

었다. 이렇게 떨어져 있을 때도 곧잘 서신을 보냈다. 몇 가지 물품과 함께 미암이 적은 시를 보내기도 했다. 올해 초에는 근심으로 오경까지 잠들지 못한다는 내용의 시를 보냈다. 미암이 하늘의 달이라면 잡아서 집에 가둘 수는 없지만 최대한 가까이에는 두고 싶었다. 그래서 비록 옥당의 금마가 즐겁지만 가을바람에 마음대로 돌아오는 것만 못하다는 내용의 시를 적어 서신을 가지고 온 종에게 바로 주어 보냈다. 벼슬길을 그만두고 이번 가을에는 집으로 돌아오기를 바라는 마음을 전달한 것이었다.

그해 십일월 미암은 사직을 하고 해남으로 내려왔다. 표면적으로는 소갈증으로 인한 건강상의 이유였다. 미암은 유배 생활로 인해 소갈증을 앓았다. 갈증이 심해 물을 많이 마시는데 소변은 잦았지만 그 양은 적었다. 요즘 들어 이마에 윤택이 나고 얼굴이 붉으며 입과 혀가 잘 마른다고 했다. 많이 먹는데도 배가 고프다 말하기도 했다. 허준이 한 번씩 방문하여 진맥을 하고 약 처방을 했지만 금방 효과를 보지는 못했다. 하지만 이면적으로는 정치적인 불안이 크게 작용했을 것이라고 덕봉은 생각했다. 미암의 외조부인 최부와 형 유성

춘이 사화로 목숨을 잃었기 때문이었다. 덕봉이 끊임없이 미암에게 낙향하여 가족과 함께 손주들의 재롱이나 보며 늙어 가자고 종용한 것도 어느 정도 영향이 있었을 것이었다. 하지만 아마도 가장 큰 이유는 미암이 가지고 있는 성향이었다.

어느 날 덕봉은 몸이 공중으로 계속 날아오르는 꿈을 꾸었다. 꿈속에서 생각하기를 너무 높이 오르면 끝내 추락할 것이 아닌가 여겨 여기서 그만 내려가야겠다는 마음이 들어 날기를 멈추었다. 꿈속에서 꿈이라는 것을 자각한 이상한 경험이었다. 다음 날 미암에게 꿈속 이야기를 들려주었더니 미암은 내 마음과 같다고 말했다. 미암도 벼슬이 높아질수록 주변의 적이 많아진다는 것을 알고 있었다. 그래서 벼슬보다는 학문에 더 뜻을 두었다. 경전을 연구하여 토석을 달면서 자신의 학문이 깊어 가는 것을 미암은 즐거워했다.

해배 후부터 미암은 고향인 해남에 집을 지어 살기를 원했다. 그 과정에서 많은 노비들을 동원하고 지방관 및 여러 지인에게서도 도움을 받았다. 무리하게 진행한 탓인지 여러 좋지 못한 소문들도 있었지만 드디어 해남에 집이 완성되었다. 덕봉이 보기에는 집의 위치가 성의 해자와 가까워 왜구가 침입할 가능성이 많았다. 미암이 능철(菱鐵)을 준비해 놓았기에 근심이 없다고 하였으나 설득력이 부족해 보였다. 그래서 덕봉은 미암과 상의하여 내년 봄에 담양으로 가기로 서로 합의하였다. 그런데 미암이 전라도 감사로 임명된 것이었다.

어둠이었다. 날아올랐지만 아무것도 보이지 않았다. 바람에 휩쓸릴까, 나무에 부딪힐까, 두려웠다. 일단 날개를 저었다. 어디로 가는지도 몰랐다. 달도 보이지 않는 밤이었다. 하늘 높이 올라가고 싶었다. 병풍산 제일봉에서 세상을 내려다보고 싶었다. 날개를 힘껏 퍼덕였다. 하지만 나는 것이 더뎠다. 시야가 조금씩 적응이 되면서 사물이 흐릿하게 보였다. 고개를 뒤로 젖혀 몸을 보았다. 나비였다. 작고 여린 날개를 빠르게 움직였다. 바람이 불었다. 버텼지만 바람 따라 흩날렸다. 의지와는 상관없었다. 흘러흘러 골짜기를 떠돌았다. 그렇게 바람이 멈춘 곳에 내려앉았다. 선영이었다. 선친의 무덤 위였다. 봉분만 덩그러니 놓여 있었다. 눈물이 흘렀다. 양 날개로 눈물을 닦았다.

덕봉은 놀라 고개를 들었다. 나비인가 싶어 팔과 얼굴을 만져 보았다. 눈가가 촉촉하게 젖어 있었다. 나비도 눈물을 흘리나, 싶었다. 장자의 호접몽이 생각났다. 내가 나비가 되어 선친의 무덤 위에 날아간 것인가, 아니면 나비가 내가 되어 선친의 무덤 위에서 눈물을 흘리는 것인가, 결론은 같았다. 나비든 나든 상관이 없었다. 선친의 무덤 위로 날아가 눈물을 흘린다는 것이었다. 비어 있는 묘비 때문이었다. 시간은 축시에 접어들었다. 간간이 새소리가 들릴 뿐 사위는 적막했다. 덕봉의 숨소리가 덕봉의 귀에 들렸다. 포박당한 짐승의 숨소리처럼 불규칙적이었다. 밖은 꿈속처럼 어두웠지만 여전히 달은 보였다. 기울어지는 초승달이었다. 앉아서 한참을 달을 바라보았다. 늙은 미암이 산자락으로 기울고 있었다. 한편으로 생각하면 미암은 청렴한 선비였다. 아녀자의 좁은 식견으로 그 청렴에 먹칠을 하는 것일 수도 있겠다는 마음도 들었다. 아니다. 돈이 문제가 아니었다. 사위로서 돌아가신 장인에 대한 예의였다. 더구나 지방 최고의 관리로서 예를 더한다면 선친이 자랑스러워할 것이었다. 또다시 생각이 시작되면서 감정이 요동쳤다. 솟구치다 잠잠해지기를 반복했다. 차츰 잔잔한 물결처럼 일렁임이 가라앉았다. 덕봉은 다시 붓을 잡고 서신을 쓰기 시작했다. 중간에 멈추었다가 겨우 다음 글자를 이어 나갔다. 몇 번이나 썼다가 지웠다. 모두 적고 나니 온몸이 욱신거렸다. 힘이 빠졌다. 붓을 놓고 천천히 적어 놓은 글자를 읽어 보았다. 마치 바로 앞에 미암이 있는 것처럼 갑자기 눈에 힘이 들어갔다. 한 글자씩 또박또박, 말이 되어 나왔다.

미암 보시오.

천지만물 가운데 사람이 가장 귀하다는 것은 성현이 교화를 밝히고 사람들이 삼강오륜의 도를 행하기 때문이오. 그러나 예로부터 능히 그것을 용감하게 행한 자는 극히 적었소. 때문에 진실로 뒤늦게나마 부모에게 효도하고 싶은 마음이 있으면서도 힘이 부족해서 소원을 이루지 못한 사람이 있으면 인자와 군자가 모두 유념해서 구해 주고자 하였소. 내가 비록 불민하지만 어찌 그 강령을 모르겠소. 그래서 부모님께 효도하려는 마음을 옛사람을 좇아 따르고자 하는 것이오.

당신은 이제 이품의 벼슬을 얻어 삼대를 추증케

하고 나도 또한 예법에 따라 정경부인이 되었으니 선영과 구족이 모두 기쁨을 얻었소. 이는 반드시 선대에서 선을 쌓고 베푼 보답일 것이오. 그러나 내가 홀로 잠 못 이루고 가슴을 치며 속이 상한 것은 옛날 선친께서 비석을 세우라고 하신 말씀이 지금도 귀에 쟁쟁하게 남아 있기 때문이오. 아직까지 선친의 소원을 이루지 못했으니 매양 이것을 생각하면 슬픈 눈물이 눈에 가득하오.

이는 족히 인자와 군자가 마음을 움직일 만한 일이오. 당신은 물에 빠진 사람을 구해 줄 힘을 갖고 있으면서도 나한테 그렇게 말하니 이 무슨 말씀이오? 당신의 맑은 덕행에 누가 될까 봐서 그런 것이오? 처부모에게 차등을 두어서 그런 것이오? 아니면 우연히 살피지 못해서 그런 것이오?

선친께서 당신이 장가오던 날 '금슬 백 년'의 시구를 보시고 어진 사위를 얻었다고 몹시 좋아하셨는데 당신도 기억하고 있을 것이오. 하물며 당신은 나의 지우로서 귀뚜라미 우는 소리에 비유하며 백 년을 함께 늙자고 했으면서 불과 사십, 오십 섬의 쌀이면 될 일을 이렇게 귀찮게 여기니 통분해서 그만 죽고 싶소. 경전에도 허물을 보고 어짐을 알 수 있다고 하였지만 남들이 들어도 이 정도를 가지고 허물이라고는 하지 않을 것이오.

당신은 옛 선비들의 밝은 가르침에 따라 아주 작은 일일지라도 지극히 선하고 아름답게 하여 중도에 맞기를 바라면서 이제 어찌 꽉 막히고 통하지 아니하여 오릉중자(於陵仲子)처럼 행동하려 하시오? 옛날 범중엄(范仲淹)은 보리 실은 배로 친구의 어려움을 구해 줬는데 당신의 처사는 과연 어떠하오?

동복끼리 사비를 들여 하라는 말은 크게 불가하오. 과부로 근근이 지내고 있는 자도 있고 혹은 궁하여 스스로 끼니를 해결할 수 없는 자도 있으니 비단 거두어낼 수 없을 뿐 아니라 기필코 원한만 사게 될 것이오. 예기에 집의 있고 없음에 맞추어서 하라고 하였으니 어떻게 그들을 나무랄 수가 있겠소. 만약 사삿집에서 변통할 수 있다면 나의 성의로 진작 해 버렸을 것이오. 어찌 꼭 당신한테 구차하게 부탁했겠소?

또 당신이 종성의 만 리 밖에 있을 때 선친이 돌아가셨다는 말을 듣고 오직 소식만 했을 뿐이요 삼년 안에 단 한 번도 제사를 지내지 않았으니, 전일

장가왔을 때 그토록 간곡하게 대접해 주던 뜻에 보답했다고 할 수가 있겠소? 이제라도 귀찮은 것을 참고 비석을 세우는 일에 억지로라도 도와준다면 지하에 계신 분이 감동하여 은혜를 잊지 않고 보답할 것이오.

나도 또한 당신에게 박하게 베풀고 후한 것을 바라는 것이 아니오. 시모가 돌아가셨을 때 몸과 마음을 다해서 예에 따라 장례를 지냈고 제사도 예에 따라 지냈으니 남의 자부 된 사람으로서 도리에 부끄러운 것이 없소. 당신은 어찌 이런 뜻을 생각하지 않소?

당신이 만약 나로 하여금 이 평생의 소원을 이루지 못하게 한다면 내가 비록 죽더라도 반드시 지하에서 눈을 감지 못할 것이오. 이 모두 지성에서 느껴 나온 말이니 글자마다 자세히 살피기 바라오.

읽는 중간 눈물이 나려 했지만 덕봉은 잠시 말을 멈추고 참았다. 선친의 얼굴이 떠올랐기 때문이었다. 비석을 세우기 전까지는 울지 않으리라, 혼자 되뇌었던 것도 생각났다. 그래도 이렇게 속으로만 생각했던 말

을 풀어내니 응어리가 조금 풀렸다. 하고 싶은 말을 한
바탕 시원하게 퍼부어낸 느낌이었다.

한양에서 첩을 얻겠다고 했을 때도 서신을 받고 부
인의 말이 타당하다며 인정했던 미암이었다. 이번에
도 그럴 것이라 여겼지만 그래도 다시 읽어 봤다. 감정
이 격해져 나도 모르게 울컥했던 구절이 없나 살피기
위해서였다. 오릉중자는 너무 심했나 싶기도 했다. 청
렴에 대한 기준을 잘못 잡아 인간의 기본 도리를 해치
는 사람을 비꼬는 말이었다. 아무리 고귀한 목표라 해
도 그것이 인륜을 벗어나면 비록 그 뜻이 의롭다 한들
의가 인을 해쳐 중용을 지키지 못한 것이 된다며 맹자
가 비판했던 인물이었다. 하지만 다시 생각하니 꼭 미
암에게 해당되는 예시였다. 오릉중자가 되지 말라는
암시의 의도로 괜찮을 것 같았다. 나머지는 미암의 말
을 논리적으로 반박하면서 감정적으로 동의하도록 접
근했다. 마지막에 평생소원을 이루지 못하면 죽어서
도 눈을 감지 못하겠다, 는 부분이 마음에 걸렸다. 하지
만 쐐기를 박을 필요가 있었다. 내가 이렇게까지 말하
는데 안 도와줄 거야, 라는 경고로 끝내는 것도 좋을 것
같았다.

하고 싶은 말을 다 했어도 마음 한편이 허전했다. 콧대가 세다며 미암이 놀렸던 일이 생각났다. 여자로서 자기주장이 강했던 덕봉을 빗대어 '부인이 문밖을 나가면 코가 먼저 나가더라'며 말했다. 이 말을 듣고 덕봉은 '당신이 길을 다닐 때면 갓끈이 땅을 쓸더라'며 응수했다. 유난히 키가 작은 미암을 빗대어 표현한 것이었다. 이 서신도 미암의 거절을 내가 응수하는 것이 아닌가, 덕봉은 생각했다. 하지만 이번에는 놀림이 아니었다. 허투루 하는 말이 아니라 진심이었다.

서신을 읽고 나니 인시가 지나 있었다. 잠은 오지 않았다. 더 이상 생각은 그만하고 싶었다. 술이 생각났다. 감정이 쉽게 누그러지지가 않았다. 이렇게 하고 싶은 말을 다 하면, 한바탕 쏟아내고 나면 답답한 마음이 나아질까, 시원해지지 않을까 싶었다. 하지만 감정은 어느새 마음속에서 똬리를 틀고 있었다. 빈속에 술이 들어가니 석 잔 만에 취하는 기분이 들었다. 문득 잘못 살았나, 싶은 생각이 들었다. 삶의 편린들이 하나씩 떠오를 때마다 안주 삼아 한 잔씩 마셨다. 이럴 때 술이 있다는 것이 참 고마웠다.

덕봉은 해가 바뀌면 어김없이 술을 담갔다. 제사나 생신 등의 집안일이 있을 때도 그러했는데 덕봉이 평소에도 술을 즐겼기 때문이었다. 미암과 떨어져 지낸 시간을 견디게 해 준 것도 술이었다. 덕봉에게 술은 자기의 마음을 가장 잘 알고 위로해 주는 지기였다. 술에 취하면 어떤 근심도 아무렇지도 않은 듯 웃으며 넘길 수 있었다. 자연스럽게 힘든 일이 있을 때마다 술을 찾게 되었고 그 기분을 표현하고 싶어 가끔 취중에 시도 지었다.

미암이 정원의 꽃이나 거문고 소리, 좋은 술에도 흥미가 없고 오로지 즐거움은 책을 읽는 것, 이라며 시를 적은 적이 있다. 학문을 좋아하는 사람이라 그럴 수도 있겠다 싶었지만 덕봉은 술만은 양보할 수 없었다. 그래서 술은 근심을 잊게 하고 정을 넓고 크게 하는데 당신은 어찌하여 서책 속에서 좁은 생각만 하느냐, 며 화답시를 적어 미암에게 준 적도 있었다. 부인이 담근 술맛이 좋다며 주변에 자랑하기도 하고 그해의 술로 한 해의 길흉을 판단하기까지 한 미암이 생각났기 때문이었다.

술을 먹은 날이면 덕봉은 꿈을 꿨다. 평소에도 꿈을

잘 꾸는 편이지만 술 먹은 날에는 유독 자주 그랬다. 평상시에 억눌려 있던 생각과 감정이 술을 통해 풀어지면서 꿈속에서도 연결이 되나 싶었다. 어떨 때는 꿈속에서 시를 짓기도 했다.

그날은 가을이었는데 맑은 청주에 국화를 띄워 마신 날이었다. 가을 서리에 향기로운 국화가 노랗게 피었고 봄비에 배꽃이 수없이 빛나는구나, 이렇게 시를 짓고 꽃향기를 맡으려고 다가서는데 잠에서 깼다. 깨어서는 꿈에서 맡지 못한 향이 방 안에 머무는 듯 코를 킁킁거리기도 했다.

덕봉은 봄에는 이화를, 가을에는 국화를 특히나 좋아했다. 가만히 꽃을 들여다보고 있으면 세상 부러울 것이 하나 없었다. 더구나 봄가을에 술 한잔 먹고 이화나 국화를 보는 것이 덕봉에게는 가장 큰 행복이었다. 이런 날에는 꼭 꿈을 꾸었다. 그리고 꿈속에서는 자주 임금을 만났다. 어전에서 관리의 옷을 입고 임금에게 나아가 꽃을 바치면 임금은 그 꽃의 향기를 맡으며 웃으시는 용안으로 그대가 장하도다, 장하도다, 하시며 어주를 하사하는 것이었다. 어떤 때는 덕봉이 대사헌이 되어 미암을 관리로 천거하는 꿈을 꾸기도 했다. 미암이 허준을 이조판서에게 내의원으로 천거했다는 말을 들었을 때였을 것이다.

허준은 덕봉도 잘 알고 있는 사람이었다. 미암이 해남에서 학문을 배운 스승의 오촌 조카라고 했다. 또한 미암과 문안 왕래를 하는 김시흡이 허준의 외삼촌이라고도 했다. 이런 이유로 몇 해 전부터 허준은 미암의 집을 방문하였다. 손에는 책을 좋아하는 미암에게 줄 서책이 들려 있었다. 허준은 미암의 병을 살피기도 했다. 좌측 얼굴에 생긴 종기로 며칠 고생을 했는데 허준이 이를 보고 다음 날 지렁이 즙을 가지고 왔다. 얼굴에 바른 후 말끔하게 종기가 나았다며 덕봉에게 말한 것이 생각났다. 서책에 대한 답례로 부채를 주었다는 말도 미암에게 들어 알고 있었다. 한양의 양반들 사이에서 이미 허준은 실력 있는 의원으로 암암리에 이름이 나 있었다. 하지만 허준은 서자였다. 어머니가 양인 신분의 소실이었기 때문이었다. 그러면서 미암은 제자인 허성과 허봉에 대해서도 이야기했다. 문장이 유려하고 글씨체에 힘이 있다고 하였다. 허준과는 동족이라면서 엄밀히 따지면 십일 촌 관계라고도 했다. 허성과 허봉의 동생이 허균과 허초희였다.

덕봉도 허준의 도움을 받은 적이 있었다. 함경북도 종성은 조선의 가장 북쪽에 있었다. 남도의 따뜻한 담양에서 나고 자란 덕봉에게 종성의 삭풍은 살을 도려내는 것 같은 고통이었다. 그때 얻은 풍한으로 아직까지도 오한과 열에 시달렸다. 조금이라도 찬바람을 맞으면 털이 곤두서며 으스스 몸이 떨렸다. 그러다가 어김없이 코가 막히고 열이 나며 두통이 찾아왔다. 재작년 한양에서 미암과 지낼 때였다. 그날은 팔뚝부터 아팠다. 저릿한 느낌이 지속되면서 조금씩 부어올랐다. 풍기로 인한 증세였다. 다음 날에는 입 안이 헐면서 통통 붓는 현상이 나타났다. 침도 넘기기 어려울 정도로 목구멍이 따끔거렸다. 보다 못한 미암이 급하게 의녀를 불렀다. 우선 백회혈에 침을 놓아 피를 빼냈다. 증세는 호전되지 않았고 밤에는 온몸에 열이 났다. 손가락을 덕봉의 몸에 대면 데일 것처럼 뜨거웠다. 덕봉은 정신이 혼미해지면서 잠이 들었다 깼다를 반복했다. 잠결에 딸아이가 굿을 해야 한다면서 무녀를 청하면 어떻겠냐고 묻는 소리가 들렸다. 덕봉은 현실인지 꿈인지 알 수 없었지만 고개를 흔들면서 말했다.

"목구멍에 병이 난 것인데 굿을 한다는 게 무슨 소

리냐, 결단코 무녀를 청해서는 아니 된다.”

의녀는 덕봉의 병을 설종이라고 하였다. 뒤늦게 도착한 허준과 의녀가 의논하는 것이 보였다. 그날 밤에 비릿하고 쓴 액이 덕봉의 입 속으로 넘겨졌다. 웅담액이었다. 다음 날 깨어 보니 베개와 이부자리가 흠뻑 젖어 있었다. 밤새 덕봉이 흘린 땀이었다. 어느새 열은 내려가 있었다.

그날 밤 열에 들뜬 채로 꾸었던 꿈이 지금도 선명했다. 이상한 꿈이었다. 조금 전에 졸면서 꾸었던 나비와도 맞닿아 있었다. 그날도 꿈속에서 나비가 되었다. 담양 본가에 있는 배나무에 앉아 있었다. 하얀 이화의 꽃잎처럼 날개가 바람에 하늘거렸다. 달착지근한 향기가 이끄는 곳으로 날개를 퍼덕였다. 어느새 죽녹원이었다. 짙은 녹색의 대나무 숲이 끝없이 펼쳐져 있었다. 가장 높은 가지에 앉았다. 살랑이며 나뭇잎을 흔드는 바람의 숨결이 따사롭게 느껴졌다. 멀리서 두런거리는 말소리가 들렸다. 선비와 규수가 좁은 숲길을 나란히 걸어오고 있었다.

“꿈이 무엇이라고 생각하느냐?”

"생각의 가지이옵니다. 일상생활에서 이루지 못하는 것에 대한 아쉬움이나 미련이 꿈의 형태로 나타나옵니다. 제 경우에는 간절하면 할수록 더 자주 꿈을 꾸는 것 같사옵니다."

허허, 선비는 얼굴에 웃음을 머금고 다시 물었다.

"그래, 요즘은 어떤 꿈을 꾸느냐?"

"나비가 되어 자유롭게 날아다니기도 하고 어전 회의에 참석해 임금님을 뵙기도 하옵니다. 그런데 요즘은 꿈에서 깨고 나면 내용이 생생하게 기억이 나옵니다. 그러면 깨어서 꿈에 등장했던 대상에게 말을 걸어보곤 하옵니다. 아, 아버님, 저번에 제가 아버님께 어떻게 하면 관리가 되는지 여쭌 적이 있지요? 전날 꿈에서 아버님을 뵈었는데 꿈속에서 아버님께 여쭈어본 말이옵니다."

"꿈에서 나는 뭐라 말하더냐?"

"똑같았사옵니다. 저번처럼 저를 지긋이 바라보시더니 아깝다, 아깝다, 하시면서 안아 주셨사옵니다."

덕봉은 아버지의 품에 안겼을 때의 포근함이 느껴졌다. 이게 꿈인가, 기억인가, 잠시 헷갈렸다. 열세네 살

때인가 아버지와 죽녹원을 산책하면서 나눴던 대화의 한 장면이었다. 술 때문인가 싶었지만 오늘은 참 이상한 날이었다. 하룻밤 사이에 꿈과 현실을 넘나들고 있었다. 나비가 된 것은 꿈이었지만 죽녹원에서 아버지와 산책을 한 것은 사실이었다. 마찬가지로 어전 회의에 참석하여 미암에 대해 논의한 것은 어제 덕봉이 직접 경험한 일 같았다.

사람들은 미암을 대단한 학자라고 추앙했다. 임금마저도 짐이 공부를 하게 된 것은 희춘에게 힘입은 바가 크다고 말할 정도로 경서와 역사에 해박한 지식이 있었다. 덕봉은 자신도 미암과 견주어 볼 만하다고 생각했다. 하지만 선친의 묘에 세우는 비석 하나도 미암의 도움을 받아야 하는 자신의 처지가 한편으로 처량했다. 덕봉도 넓은 세상으로 나가 마음껏 능력을 발휘하고 싶었다. 미암처럼 과거도 보고 벼슬도 하고 싶었다. 이젠 더 이상 미암에게 의지하고 싶지 않았다. 하지만 현실에서 아녀자가 할 수 있는 것은 없었다. 서얼 출신인 허준도 생각났다. 양반인 자신보다 서얼이지만 사내인 허준이 부러웠다. 사농공상, 천민, 백정, 이런 것이 다 무엇이란 말인가, 언제부터 사람을 구별했을까,

술이 덕봉의 머릿속에서 끊임없이 질문을 던졌다.

고개를 들어 주변을 살폈다. 대나무 숲이 한눈에 내려다보였다. 대나무 가지의 움직임에 덕봉도 같이 흔들거리고 있었다. 뭐야, 이쯤에서 꿈이 깨야 될 텐데 왜 아직 나비인 거지, 덕봉은 어리둥절했다. 막연히 아직 꿈인가 보다 생각하며 날아오르기 위해 날개를 퍼덕였다. 어느새 덕봉의 방 안이었다. 지필묵이 어지럽게 널려 있었다. 종이를 보니 머릿속의 질문들이 떠올랐다. 덕봉은, 아니 나비는 붓을 들었다.

天地誰云廣 천지가 비록 넓다고 하나
幽閨未見眞 깊은 규방에선 그 참모습 보지 못하네.
今朝因半醉 오늘 아침 반쯤 취하고 보니
四海闊無津 사해는 넓어 끝이 없도다.

죽녹원에서 아버지에게 했던 질문도 생각이 났다. 왜 사내는 가능하고 아녀자는 불가능하옵니까, 나비는 붓을 놓으면서 누가 답을 해 줄 수 있을까를 생각했다.

창밖을 바라보았다. 붉은 기운으로 동쪽 하늘이 물

들고 있었다. 나비는 달을 찾았다. 하얀 버선처럼 산자락에 걸려 있었다. 희미했다. 나비는 한참을 스러져 가는 달을 쳐다보고 있었다. 일각이 지났을 즈음 달이 서서히 나비에게 다가오는 것처럼 느껴졌다. 손을 대면 닿을 수 있을 거리까지 가까워졌다. 나비는 한때 미암이 달 같다고 생각한 적이 있었다. 보이지만 잡을 수 없는 것이 이 세상에는 존재했다. 하지만 지금은 손을 뻗으면 잡을 수 있을 것 같았다. 같은 공간에 존재한다면 모두 동등한 존재였다. 무엇이든 가능해야만 했다. 나비는 달을 잡으러 자리에서 일어섰다. 하늘 위로 힘껏 날갯짓을 했다. 허공을 가르며 달을 향해 날아갔다.

* 소설 속 미암과 덕봉의 작품은 『미암일기초』(유희춘, 국학자료원), 『덕봉집』(안동교 편, 심미안)에 나오는 내용을 변용하였다.

중첩

누군가 뇌를 손으로 잡고 찢는 것 같다. 감은 눈에서 번개가 치듯 빨간불이 번쩍인다. 통증이 내 몸 곳곳을 동시에 두드리고 찢고 공중에서 돌린다. 차라리 기절이라도 하고 싶다. 깨어 있는 것이 너무 고통스럽다. 주먹에서 땀이 흘러나온다. 암세포가 동시에 미쳐 날뛰는 것 같다. 아, 그러지 마, 내가 죽으면 너도 죽잖아, 말이 입 밖으로 나오지 않는다.

조용하다. 격렬한 통증이 지나간 다음의 짧은 고요, 가쁜 숨을 몰아쉬다 겨우 안정을 찾을 때의 편안함이다. 마당에 나와 의자에 앉는다. 이 느낌을 오래도록 누리고 싶다. 바람 하나, 햇살 한 줌이 소중하다. 가슴을 펴고 양팔을 올려 한껏 기지개를 켠다. 폐 속으로 맑은 공기가 들어간다. 편백나무의 피톤치드가 폐 속의, 아니 몸에 퍼진 암세포를 막아 줄 수 있을까, 지금은 조금의 희망을 걸어 본다. 희망이 쌓이고 쌓이면 기적이 일어난다고 믿고 싶다. 자연치유원의 원장도 긍정적인 마음이 가장 중요하다고 말했다.

사월의 바람이 몸을 훑고 지나간다. 선선하다. 온세상에 생명의 기운을 불어넣는 전도사 같다. 바람이 스치는 곳마다 잠들어 있던 생명이 꿈틀, 깨어날 것만 같다. 공기를 깊이 머금었다가 천천히 내뱉는다. 오늘만 같으면 살 수 있을 것 같다. 하지만 이미 죽음의 선고를 받은 몸, 나는 고개를 가로젓는다. 죽음이라는 생각이 들어오면 자동으로 일어나는 몸의 반응이다. 부정하는 것이 아니라 생각을 지속하지 않는 것, 그래서 불안과 공포의 감정을 최소화하는 것이 경험을 통해 얻은 깨달음이었다. 두려움에 빠져 있으면 우선 몸이 가라앉으면서 감정이 탁해졌다. 온갖 더러운 것들로 몸이 시궁창이 된 것 같은, 끈적끈적하게 달라붙은 암세포가 온몸으로 퍼져 나가는 것 같은 기분이 들었다. 생각의 전환, 이것이 그동안 내가 배운 가장 간단한 방법이었다.

"폐암 4기입니다. 육 개월에서 길어야 일 년입니다."

의사는 무미건조하게 말했다. 마치 사형 선고와 같은 이 말이 잊을 만하면 메아리로 계속 귓가에 울렸다. 간이나 뼈에 암세포가 전이되어 수술도 불가능하다는 얘기, 방사선, 표적 치료 같은 단어들이 웅웅거리며 허공에 흩어졌다. 하필이면 생존율이 가장 낮은 암이었다. 겨우 정신을 수습하니 한 달이 지나 있었다. 한 가지확실한 건 치료라는 명목으로 머리를 삭발한 채 방사능을 쪼이면서 병원에서 죽고 싶지는 않았다. 그러면남은 것은 자연치료, 하나뿐이었다.

도서관에서 관련 책들을 있는 대로 읽었다. 과학적치료 방법을 소개하는 논문들도 살폈다. 암 정보를 다루는 각종 블로그와 유튜브도 검색했다. 어쩌다가 완치 판정을 받았다는 수기를 읽거나 인터뷰를 들었을때는 눈물이 났다. 지방에 맞춤한 자연치유원을 찾았다. 한의사가 설립하여 운영하면서 정기적으로 진료도 겸하는 곳이었다. 건강 식단은 기본이고 산책 및 치유 프로그램도 있었다. 무엇보다 암을 완치했다는 후기가 눈길을 끌었다. 자식들이 대학을 졸업하고 독립했기에 그나마 다행이었다. 아내도 직장을 다니고 있었기에 경제적인 어려움은 없었다. 마음먹은 대로 간단한 짐을 꾸려 치유원으로 내려갔다. 폐암의 경우 완치는 힘들지만 최대한 생존 기간을 연장하는 것으로 원장과 상담 후 목표를 잡았다. 십 년 넘게 사는 환자도 있다고 했다. 내 나이 오십칠, 육십까지만 살아도 그런대로 괜찮다, 싶었다.

과일과 채소를 갈아 만든 힐링 주스, 차가버섯차, 된장으로 양념한 반찬들, 현미밥 등의 먹을거리는 보는 것만으로도 건강했다. 명상도 처음에는 잠이 쏟아졌지만 차츰 맑은 정신을 유지하는 시간이 길어졌다. 식사 후 숲길을 걷는 산책도 만족스러웠다. 문제는 밤이었다. 앓는 소리, 벽을 타고 전염되듯 여기저기서 비명이 쏟아져 나왔다. 그러면 내 신음 소리가 더해져 골짜기에 울려 퍼졌다. 잠을 잘 수가 없었다. 아프지 않더라도 옆방의 소리가 들리면 몸이 반응했다. 기침이 터졌고 심장을 칼로 베는 듯한 아픔이 가슴을 훑고 지나 갔다. 짧은 두세 번은 참을 만했다. 그 뒤에 찾아오는 둔 중한 통증, 말로 설명할 수 없는 둔탁한 아픔과 함께 호 흡이 가빠졌다. 통증 때문에 숨을 내쉴 수도 없었다. 이 렇게 죽는구나, 싶은 순간, 뻐근함은 멈추었다. 그러면 가늘게 숨을 뱉으면서 아직은 아닌가 보다, 하며 웅크 린 몸을 폈다.

아픔보다 더 고통스러운 것은 불면이었다. 거의 잠 을 자지 못했다. 들려오는 신음에 신경이 극도로 예민 하게 반응했다. 체중이 눈에 띄게 줄어들었다. 기침은 일상이었고 가래에 피가 점점 더 많이 섞여 나왔다. 뇌 에까지 전이되었는지 구토와 두통도 심해졌다. 조용 하고 편안한 낮이 천국이라면 고통 소리가 울려 퍼지 는 밤은 지옥이었다. 밤에는 호흡도 더 가빠졌다. 각자 의 통증 속에서 살려 달라고 울부짖는 여기가, 밤이 되 면 불교에서 말하는 무간지옥으로 변했다. 각각의 방 에서는 살가죽이 벗겨지거나 불속에 태움을 당하거나 벌건 쇠창살에 몸이 꿰이거나 쇠매[鐵鷹]에게 눈을 파 먹히는 고통을 겪고 있을 터였다. 아니, 그 모든 소리는 내 안에서 나는 것일지도 몰랐다. 나는 살고 싶었다. 이

고통에서 벗어나고 싶었다. 원장과 상담 후 치유원이 있는 마을 끝자락, 비어 있는 집을 수리하여 이곳으로 옮겼다.

다섯 달이 지났다. 처음 일주일은 자연치유원에서 따라온 비명 소리가 계속 들렸다. 더 적막했기에 더 크게 울렸다. 점점 줄어들더니 이제는 거의 들리지 않는다. 대신 꿈이 찾아온다. 매일 같은 꿈을 반복한다. 악몽이 아니라서 그나마 다행이라고 생각한다. 잠이 깨면 스트레칭 삼아 백팔배를 한다. 마지막 절을 하면서는 살고 싶습니다, 라고 입 밖으로 소리 내어 말한다. 그런 다음 자연스럽게 앉을 자리를 정리하고 허리를 꼿꼿하게 세워 앉아서 명상을 시작한다. 자연치유원에서 배운 프로그램 중에서 효과가 있는 것만 선택해서 꾸준하게 하려고 노력한다.

팔을 들어 올려 다시 한 번 기지개를 켠다. 방으로 들어와 아침 식사로 토마토를 갈아 마시고 샐러드를 만들어 먹는다. 발사믹식초가 입 안에 오래도록 남는다. 오래도록 씹어서 그런가 보다. 치유원에서는 백 번을 씹은 다음 삼키라고 했다. 현미밥은 입 안에서 죽이 되었고 샐러드는 과채주스가 되었다. 갈아 먹는 주스도 다시 씹은 후에 목 안으로 넘겼다. 무엇이든 처음이 힘들었다. 낯설고 어색하지만 적응되어 습관이 되면 자연스러웠다. 습관이 되게 만드는 것이 필요였다. 더구나 그 필요가 생명과 관련이 있다면 망설일 이유가 없었다. 내 몸속에 자라고 있는 암도, 아니 정확히 말해서는 암세포도 내가 적응하기 나름일 것이었다. 세포가 무제한으로 증식해서 악성 종양을 일으키는 병이 암(癌)이라고 했다. 장기에 딱딱한 덩어리를 형성하여 정상 조직을 파괴한다고 했다. 그래서 내부에 바위 암(嵒)을 품는 질병으로 한자를 만들었나 싶었다. 내 장기에 바위처럼 단단한 종양이 자라고 있다. 더구나 다른 장기로 옮겨 가기도 한다. 내 몸이 암세포의 숙주가 된 것이다. 어쩌다 이렇게까지, 직접적인 원인은 담배라고 의사는 말했다. 하루에 한 갑 이상 삼십 년을 피웠으니, 어휴, 싶다가 다시 고개를 좌우로 흔든다. 후회할 시간도 아깝다. 지금 여기서 할 수 있는 최선을 다해야지, 나직이 읊조리며 옷을 갈아입는다.

맨발에 밟히는 흙이 부드럽다. 산자락에 걸쳐 있는 집이라 마을 뒷산으로 가는 오솔길로 들어선다. 천천히 주변을 둘러보며 걷는다. 봄 산은 생명의 움틈이다.

연두색이 점점 짙어지고 있다. 매일 보지 않으면 알 수 없는 것들이 있다. 나무는 어제 다르고 오늘 또 다르다. 새싹이 잔뜩 생명의 기운을 머금었다가 어느 날 꽃망울을 터트렸을 때는 대견하다 그럴까, 나도 모르게 꽃잎을 쓰다듬어 주었다. 오래 기다리며 지켜본 사람만이 느낄 수 있는 감정이었다. 오늘은 길옆에 있는 벚나무에게 눈길이 간다. 길에서 십여 미터 아래에 서 있다. 망설이다 방향을 튼다. 맨발로 낙엽을 밟는다. 길이 아닌 곳으로 들어서기는 처음이다. 조심스럽게 발을 내디딘다. 낙엽 밑에 뭐가 있을지 모른다. 두려움 때문인지 자연스럽게 딛는 발에 집중한다. 발의 감각에 온 신경을 모은다. 이것이 맨발 걷기 명상이라고 했다.

치유원에서 처음 맨발 걷기를 시작했을 때가 생각났다. 뾰족한 돌이나 나뭇가지에 입은 상처보다는, 상처를 입을지 모른다는 마음, 두려움이 앞섰다. 하지만 양말까지 벗고 처음 발바닥을 땅에 접촉했을 때는 의외로 땅이 차가웠다. 신발을 신었을 때는 알지 못하는 새로운 느낌이었다. 서늘함과 간지러움도 걷다 보니 사라지고 발바닥에서 열기가 느껴졌다. 기분 좋은 따뜻함이었다. 뇌를 자극한다고 했다. 발의 자극이 뇌로 올라가는 속도가 빨라 집중이 잘되고 스트레스를 감소시킨다고 지도 강사가 말했다. 특히 암 환자에게는 땅과 맨발바닥의 접지가 중요하다고 했다. 몸의 유해한 정전기가 발바닥을 통해 땅으로 빠져나간다는 것이었다. 또한 음전하를 띤 땅속의 자유 전자가 몸으로 들어와 자연스럽게 활성 산소를 몸 밖으로 배출하는 효과가 있다고도 했다. 그래서 점심 식사 후 편백나무 숲 맨발 걷기는 치유원의 핵심 프로그램이었다. 한 달이 지났을 때는 오히려 신발을 신는 것이 부자연스러웠다. 시멘트 길이나 자갈을 밟으면 지압이 되었다. 발바닥과 연결된 장기를 건강하게 만든다고도 했다. 굳은살이 박인 발바닥이 자연 신발이 되었다. 나아가 맨발로 걷는 동안 발의 무게나 감각, 몸의 움직임, 균형감 등에 주의를 기울이면 명상이 된다고 했다. 주변 풍경이나 외부 상황에 마음을 빼앗기지 말고 오로지 걷는 행위에 집중하는 것, 그런 나를 알아차리면 된다고 했다.

얼마나 이곳에 있었을까, 얼마의 꽃을 피워내었을까, 한 아름이나 되는 벚나무를 안는다. 눈앞이 연분홍으로 화사하게 밝아진다. 토닥토닥, 손으로 나무를 두드려 본다. 나무 밑에 떨어진 벚꽃이 보인다. 떨어져 이미 색이 바랜 벚꽃이 나인 것 같다. 아니, 아직 떨어지기 전인가, 나뭇가지에 위태하게 붙어 있는, 바람 한 번 불면 떨어져 버릴 꽃잎이 나인가, 길게 한숨을 쉰다. 아니지, 아직 떨어지진 않았잖아, 악착같이 붙어 있어야지, 또 혼잣말을 한다.

그렇게 삼십여 분 올라가면 치유원과 연결되는 편백나무 숲이 나온다. 숲 한편에 평상이 놓여 있다. 옷을 느슨하게 풀고 평상에 눕는다. 눈을 감고 한껏 공기를 들이마신다. 입으로 천천히 내뱉는다. 항균, 항염, 면역 강화, 혈액 순환 개선 등이 편백나무가 가진 피톤치드의 역할이다. 그래서인지 여기에 오면 일단 안정되는 기분이 든다. 향이 느껴지면 마음이 가라앉으면서 고요해진다. 머릿속에서 부유하는 생각들이 일시에 조용해지면서 잠잠하게 사라지는 느낌이다. 바람과 햇살, 공기에 몸을 맡긴다.

살짝 잠이 들었나 보다. 쫙 뻗은 편백나무 끝에 하늘이 걸려 있다. 기지개를 켜면서 하품을 길게 한다. 일어나 다시 발의 감각을 느끼면서 숲길을 걷는다. 어느덧 산 정상 부근에 다다른다. 여기가 전망이 가장 좋다. 정면으로는 마을이 한눈에 들어오고 양옆으로는 산등

성이들이 첩첩이 펼쳐져 있다. 이렇게 높은 곳에서 아래를 바라보는 것이 나는 좋다. 남산타워나 63빌딩, 그리고 잠실 롯데월드타워에서 서울을 내려다보면 뜬금없이 철학적인 질문이 떠올랐다. 사람이 하나의 점으로 보였다. 저 조그만 점들이 각자의 욕망에 휘둘리며 아웅다웅 살아가겠지, 나도 저 속에서 저렇게 살고 있겠지, 싶었다. 어렸을 때 개미를 본 장면과 겹쳐졌다. 조그만 것들이 줄을 맞춰 항상 바쁘게 움직이고 있었다. 어떤 때는 자기 덩치보다 큰 먹이를 등에 지고 힘겹게 이동했다. 저들에게 기쁨과 즐거움이 있을까, 내가 보는 개미는 항상 먹이를 찾기 위해 이리저리 분주하게 돌아다니는 모습이었다. 그것도 좁은 마당 한 부분이었다. 우리 집 마당이 그들이 아는 세상의 전부였다. 나도 마찬가지였다. 땅으로 내려가면 개미와 같이 먹이를 구하기 위해 집과 회사를 왔다 갔다 하는 인생이었다. 기껏해야 내가 살고 있는 도시가 내가 아는 세상의 전부였다.

그래서였을까, 언젠가 텔레비전을 통해 봤던 창백한 푸른 점은 충격이었다. 우주에서 지구를 촬영한 다큐멘터리였다. 내가 살고 있는 지구가 크기를 알 수 없는 우주에서는 하나의 조그만 점이었다. 지구라는 점에서 더 조그만 나라에서, 점 속에 점으로 살다 죽는 것이 인생이었다. 아니, 점을 이루는 먼지였다.

양자에 대한 호기심이 시작된 것은 이때부터였다. 그렇게 따지면 살아 있는 모든 것이 점이었고 먼지였으며 동시에 우주였다. 개미도 나무도 사람도 같은 하나의 세계였다. 물질을 최소의 입자로 나누면 분자가 된다. 분자는 원자로 구성되어 있다. 사람을 구성하는 물질도 쪼개고 분해하면 원자가 된다. 개미와 나무도 원자들의 조합이다. 원자는 다시 핵과 전자로 나눈다. 핵 주위를 전자가 돌고 있다. 지구가 태양과 달 주위를 일정하게 돌고 있는 것처럼 떨어지지 않고 일정한 위치와 궤도로 끊임없이 돌고 있다. 그럼 먼지도 점도, 내 몸을 구성하는 세포도 전자의 운동으로 유지된다고 볼 수 있다. 병이 들었다는 것은 이 시스템이 고장 났다는 신호였다. 그런데 암세포는 고장 나서 죽는 것이 아니라 비정상적인 증식이 문제였다. 너무 활발하게 성장하여 정상 세포를 파괴하여 죽는 병이었다. 면역 체계가 무너진 것이었다. 폐의 세포들, 아니 폐를 구성하는 물질의 전자들이 과도하게 운동 중이었다. 기운이 넘

쳐 다른 장기로 이동하고 있는 중이었다. 암과 싸우지
말고 친구가 되어라, 라는 도서관에서 읽은 책 제목이
생각났다. 암세포도 생명인데, 나의 잘못된 습관이 만
든 건데, 싫다가 또 머리를 좌우로 흔들었다. 생각이 또
다른 생각으로 이어졌다. 이게 가장 나쁜 것이라고 했
다. 생각에 빠져 있다는 것을 알아차리고 다시 호흡에
집중하라고 치유원에서 명상 강사는 말했다. 생각을
너무 많이 한다는 생각을 하면서 다시 숲길을 걷는다.

갔던 길을 되돌아 집으로 내려온다. 시계를 보니 열
두 시다. 방에 들어가서 어제 끓여 놓았던 냉이된장국
과 현미밥, 시금치나물과 마늘장아찌, 콩자반을 밥상
위에 놓는다. 현미밥을 한 숟가락 떠서 된장국에 적신
다. 입에 넣고 숟가락을 내려놓는다. 천천히 씹는다. 이
것도 치유원에서 배운 것이다. 처음에는 한 번, 두 번,
횟수를 백 번까지 세고 삼켰지만 지금은 입 속에 들어
있는 음식물의 농도나 시간의 경과에 맞춘다. 이 정도
면 넘겨도 되겠다, 싶으면 삼킨다. 하루에 세 번씩, 한
번 먹을 때마다 몇천 번을 씹으면 자연스럽게 알게 된
다. 노화나 암을 예방한다고 했는데 확실히 소화에는

도움이 되었다. 속이 편했다. 대신 시간이 많이 걸렸다. 소량으로 오래 씹으니 한 시간 가까이 식사를 하게 되었다.

마당으로 나온다. 밀짚모자를 쓰고 호미를 챙긴다. 아침에 텃밭 물을 줄 때 잡초가 보였기 때문이다. 흙을 만지고 싶다. 흙 안에 움트는 생명의 기운이 몸속으로 전해질 것만 같다. 일부러 장갑을 끼지 않는다. 세 평 남짓한 공간에 상추와 당근, 가지, 비트, 토마토를 심었다. 나름 암에 좋은 작물이었다. 유기농으로 키워서 신선하게 먹고 싶었다. 텃밭 안과 주위에 잡초가 작물보다 더 많다. 잡초가 있으면 작물이 잘 자라지 않는다고 한다. 그래서 당연히 잡초를 뽑아야 하는데, 제거해야 되는데, 호미질을 하면서 멈칫한다. 잡초도 생명인데, 작물을 위해 또 다른 생명을 제거하는 것이다. 잡초가 양분을 뺏어 먹어 작물의 수확량이 적어진다고도 한다. 다 같은 생명인데 인간의 이익에 따라 운명이 달라진다. 삶과 죽음의 기준은 인간의 이익이다. 거시적 관점에서 보면 인간이나 잡초나 작물이나 똑같은 점, 아니 먼지에 지나지 않는데, 미시의 세계에 들어오면 살기 위한 치열한 약육강식의 현장이 된다. 어쩔 수 없는 건가, 싶은데 뒤에서 인기척이 들린다.

"건강은 좀 어떠십니까?"

마을 이장이다. 이 집을 구하고 수리하는 것부터 텃밭을 만드는 것까지 도움을 받았다. 이장은 유기농 비료 두 포대를 텃밭 옆에 놓는다. 일전에 내가 부탁했던 것이다.

"일주일에 한두 번 정도 주시고 모자라면 또 말씀하세요."

나는 고맙습니다, 차 한잔 들고 가세요, 라고 말하며 부엌으로 들어간다. 보이차와 다기 세트, 그리고 뜨거운 물을 준비해 마당에 있는 테이블에 놓는다. 그사이 이장은 호미를 들고 텃밭의 잡초를 뽑고 있다. 순식간에 밭이 정리가 된 느낌이다. 보이차를 우린다. 암세포 증식을 억제한다고 하여 마시기 시작했다. 불안과 공포가 엄습할 때 보이차를 마시면 마음이 가라앉았다. 차분하게 진정시키는 효과가 있었다. 암세포도 보이차 성분으로 인해 성장을 가라앉히지 않을까, 싶었다. 우린 차를 한 잔 건네면서 말한다.

"잡초도 생명인데 그냥 작물이랑 같이 키우면 어떨까요?"

이장은 잠시 뜸을 들이면서 대답한다.

"자연 농법인가, 그런 게 있기는 합니다. 풀이 땅의 수분 증발을 막아 주고 퇴비 역할을 하여 미생물의 번식을 돕는다고 합니다. 그래서 풀을 뽑지 않고 비닐 덮개를 사용하지 않는다고는 하는데 수확량이나 작물의 크기가 반도 안 나온다고 들었습니다."

차를 마시고 나서 이장은 그냥 게으른 사람들이 하는 말이지 않을까 싶습니다, 라며 말을 덧붙인다. 나는 고개를 끄덕이며 동감의 표시를 한다. 처음 가꾸시는 것 치고는 작물들이 잘 자란다, 며 필요한 게 있으면 언제든지 연락하라, 는 말과 함께 이장은 의자에서 일어난다.

텃밭에 퇴비를 주고 모종을 심고 지주대를 설치하는 것까지 모두 이장이 해 주었다. 내가 한 일은 아침에 물만 주었을 뿐이다. 꽃이 예뻤다. 가지와 토마토에도 꽃이 핀다는 사실을 새삼 알게 되었다. 꽃이 지고 열매를 맺는 것인데 이 당연한 것을 잊고 살았다. 태어나면 죽는 것인데, 누구도 거역할 수 없는 자연의 법칙인데, 조금이라도 연장하려고 나는 발버둥을 치고 있다는 생각이 든다. 암세포는? 잡초를 뽑으면서 멈칫, 했던 이유가 잡초가 암세포와 비슷하다는 느낌 때문이었다. 정상 세포인 작물의 성장을 방해한다는 점도 그랬다. 땅에 잡초와 작물이 자라고 내 몸에 암세포와 정상 세포가 자란다. 그러면 잡초가 땅에 주는 이점도 있듯이 내 몸속에서도 암세포의 역할이 있을 것이었다. 한여름 장마 후에 무성하게 자란 잡초처럼 암세포도 지금 한참 증식하고 있는 중이다, 그럼 겨울에 풀이 사그라지 듯 언젠가는 암세포도 서서히 줄어들지 않을까, 이것이 자연의 법칙이라면 순응해야 한다. 있는 그대로를 받아들여야 한다는 생각이 머릿속을 훑고 지나간다.

보이차가 식어 있다. 시간이 꽤 흘렀나 보다. 장작을 한 아름 챙겨서 부엌으로 간다. 이것도 이장에게 부탁해서 마련한 참나무 장작이다. 솥에 물을 붓고 아궁이에 불을 지핀다. 장작 타는 소리가 정겹다. 물이 끓는 동안 아궁이 앞에 가만히 앉아 있다. 원적외선이 나온다고 했다. 암 환자에게는 치료라고, 더 좋은 것은 숯가마에서 하는 찜질이라고 원장은 말했다. 특히 숯을 뺄 때 가마에서 쏟아져 나오는 불을 쬐는 것이 가장 좋다고 했다. 그래서 치유원에 있을 때 숯가마에도 몇 번 간 적이 있다. 이곳으로 옮기고 나서는 아내가 오면 한 번씩 가곤 했다. 그래도 아궁이가 있는 집이어서 다행이다. 불길이 아궁이 밖으로 넘친다. 새빨간 불이 푸르게도 보인다. 몸에서 열이 나며 얼굴이 발갛게 달아오른다. 자리를 조금 뒤로 옮긴다. 이마에 흐르는 땀을 닦는다.

솥뚜껑을 열고 옆에 있는 욕조로 물을 퍼서 옮긴다. 편백나무로 만든 것이 좋다고 하여 아내가 특별히 구해 온 것이다. 반신욕이 혈액 순환을 촉진하고 노폐물이나 독소를 빼 주기 때문에 면역력을 상승시킨다고 아내는 말했다. 매일 이십 분씩 두 번 정도 하면 좋다는 말도 덧붙였다. 물 온도를 맞추고 옷을 벗는다. 산책에서 텃밭 일까지 몸이 노곤하다. 욕조 안으로 들어가 앉는다. 따뜻한 물에 설탕이 녹는 것처럼 몸의 피로가 풀리는 느낌이다. 손으로 물을 떠서 상반신에 끼얹는다. 세수를 하듯 얼굴도 씻는다. 그런 다음 습관적으로 눈을 감는다.

의사가 말한 육 개월이 어제로 끝이 났다. 육 개월에서 일 년 사이라고 했으니 오늘부터 다시 육 개월의 시작이다. 삶과 죽음이 공존하는 시간이다. 지금 죽어도 이상하지 않은, 살아나면 다행인 시간대다. 그래서인지 요즘 부쩍 통증이 심해졌다. 노크를 하듯 무엇인가 머리를 계속 두드렸다. 오른쪽에서 왼쪽으로, 앞에서 뒤로 두드리는 빈도가 빨라졌고 때로는 못으로 긁는 듯한 아픔도 느껴졌다. 그런 후에는 헛구역질이 났다. 먹은 것도 없는데 허공에 대고 웩, 웩 소리를 냈다. 구역질을 할 때마다 가슴 통증이 동반되었다. 가슴이 아파 구역질을 못 할 정도였다.

그래도 이 정도는 참을 수 있었다. 흉골이나 쇄골에서 느껴지는 통증은 결국 진통제를 먹게 만들었다. 시리거나 쑤신다는 말로는 표현할 수가 없었다. 찬물을 마시면 이가 시리다고 한다. 하지만 얼음을 십 분 이상 이에 대고 있으면, 저릿하면서도 얼얼한, 이미 마비되었는데 또 다른 아픔이 느껴지는, 처음으로 겪어 보는 통증이었다. 꼬챙이나 바늘로 찌르는 것처럼 아픈 느낌을 쑤신다, 라고 한다. 하지만 생살을 가르고 함부로 헤집는 것 같은, 부러지지 않을 만큼 망치로 뼈를 두드리는 통증 앞에서 나는 그저 무기력하게 고통을 온몸으로 받아낼 수밖에 없었다. 참다 참다 겨우 기어서 처방받은 진통제를 찾아 삼키는 것이 유일한 해결책이었다. 이미 몸은 땀으로 젖어 있고 입에서는 동물의 비명 소리가 흘러나왔다. 차라리 죽는 것이 낫지 않을까 싶은 생각도 들었다. 하지만 통증이 사그라지고 쪽잠이나마 자고 난 후에 아침을 맞으면 또 생각이 바뀌었다. 오늘처럼 산책이라도 다녀오면 하루라도 더 살고 싶은 욕구가 솟아올랐다. 마음이라는 게 참, 내 마음인데 나도 통제할 수가 없었다. 이런 마음을 아는 게 어쩌면 진짜 공부가 아닐까 싶었다.

이마에서 내려온 땀이 목과 가슴을 지나 욕조로 떨어진다. 반신욕을 하면 나타나는 현상이다. 어느 순간 몸에 열기가 돌면서 땀이 쏟아진다. 그러다 서늘할 정도로 몸이 식는 느낌이 난다. 그러면 욕조에서 일어나 생강차를 마신다. 차라기보다는 생강 물에 가깝다. 냄비에 물을 끓이고 생강을 넣은 후 조금 식으면 마신다. 핸드폰에서 음악 소리가 난다. 방으로 들어가 벗어 놓은 옷에서 핸드폰을 꺼낸다. 아내다.

"뭐 해?"

통화 버튼을 누르자 들려오는 목소리다.

"몸은 어때? 어제 많이 뒤척이던데."

대답도 하기 전에 다음 말이 들려온다. 괜찮아, 요즘 부쩍 그러네, 라고 나는 말한다. CCTV로 보았나 싶다. 이 집을 수리할 때 아내는 기어코 CCTV를 설치했다. 아프면 119로 전화하면 되지, 라는 내 말에 갑자기 쓰러지면 전화도 못 한다, 라며 안방과 마당을 비추게 했다. 아내 핸드폰에서 실시간으로 화면을 볼 수 있다고 했다.

"금요일에 서울 올라오는 거, 안 힘들겠어?"

정기 검진이 있는 날이다. 한 달 전에 검사를 했을 때는 변화가 없다고 했다. 암세포가 줄어들지도, 늘어나지도 않았다고 의사는 말했다.

"맑은 공기 마시고 몸에 좋은 것만 먹는데, 이번에는 결과가 좋겠지?"

내가 미처 대답하기도 전에 아내가 또 질문을 던진다.

"좋아야지, 좋을 거야."

나는 말하면서 고개를 끄덕인다. 주먹에 힘이 들어간다.

"그래야지, 아, 저녁에는 애들이랑 같이 밥 먹을 거야, 애들이 아빠 보고 싶대."

금요일 오전에 데리러 오겠다, 며 아내는 전화를 끊었다. 아내는 주말마다 서울에서 내려왔다. 이 주에 한 번씩 오라고 해도 혼자 서울에 있으면 할 게 없다고 말했다. 오자마자 가지고 온 과일이나 반찬 들을 냉장고에 넣고 빈 통을 정리했다. 생강도 암에 좋다고 아내가 잔뜩 사다 놓은 것 중의 하나였다. 내가 아프고 나서 더 사이가 좋아진 것 같다. 그렇게 살갑지도, 데면데면하지도 않았다. 딸이 회사 근처 오피스텔로 독립하고 나서는 잠도 따로 잤다. 아내가 딸애 방으로 옮겼기 때문이다. 그게 서로 편하다고 암묵적으로 동의가 되었다. 한 달 전에 검사 결과를 기다리면서 아내에게 말했다.

"우리 그래도 이만하면 잘 살았지? 애들 자기 밥벌이는 하게 키웠고."

아내는 대답 대신 눈물을 보였다. 병원 복도에 앉아서 나는 아내의 등을 토닥이면서 말했다.

"미안하고 그리고 고마워."

아내는 더 크게 소리 내어 울었다.

입맛이 없다. 배도 고프지가 않다. 아침부터 통증에 시달렸다. 산책할 때 오르막길을 걸으면서 현기증이 났다. 나무를 붙잡고 한참을 서 있었다. 엎드려 바닥에 대고 구역질도 했다. 다리에 힘이 빠져 내리막길에서 주저앉기도 했다. 그러면 천천히, 천천히 속도를 늦추었다. 앉아서 괜찮아질 때까지 기다렸다. 텃밭에서 호미질을 할 때는 갈비뼈 부분이 따끔거렸다. 숙여서 그런가 보다 싶어 허리를 폈는데도 통증이 가시지 않았다. 한 손으로 아픈 곳을 주물렀다. 순간, 심장이 둘로 갈라지는 느낌이 들었다. 숨을 쉴 수가 없었다. 주먹으로 심장 부위를 두드렸다. 얼음이 갈라질 때의 쩍, 소리를 들은 것도 같았다. 깨진 얼음이 파편으로 조각조각 찢어지는 것도 같았다. 이제 기침은 익숙한 편이었다. 숨을 쉬듯 기침을 했다. 식도가 너덜너덜해지지 않았을까 거울로 살펴본 적도 있었다. 기침 소리도 그르릉 거리듯이 탁했다. 내 안에 이렇게 많이 있었나 싶을 정도로 기침만 하면 진한 황갈색의 가래가 나왔다. 최근에는 거의 피가 섞여 있었기에 자주색을 띠었다. 쉰 목소리는 당연한 결과였다.

그래도 먹어야 한다. 현미밥 반 공기를 그릇에 담고 브로콜리와 당근, 두부조림, 찍어 먹을 된장을 냉장고에서 꺼낸다. 천천히 오래 씹는다. 오늘따라 턱이 뻐근하게 아프다. 더 천천히 속도를 늦춘다. 저번달에 받은 검진 결과가 떠오른다. 암세포가 더 이상 증식하지 않은 것만으로도 다행이라고 의사는 말했다. 하지만 언제 어떻게 전이될지 모른다고, 이제 다른 장기에서 전이가 발견되면 끝이라고 의사는 단단히 주의를 주었다. 폐암 4기의 오 년 이상 생존율은 십 퍼센트 미만이었다. 그래도 검사 결과에 약간은 만족스러웠다. 항암 치료가 아닌 자연치료를 선택한 것에 일말의 의심과 불안이 있었는데 적어도 후회는 하지 않게 만들어 주었다. 로버트 프로스트가 말했던 가지 않은 길에 대한 두려움, 하지만 두 갈래 길에서 내가 선택한 길이 내 모든 것을 바꾸어 놓았다고, 오랜 시간이 지난 훗날 그렇게 말할 수 있다면…. 결정의 순간, 내 마음이 기우는 방향으로, 내 가슴이 조금이라도 더 뛰는 곳으로 선택하고 싶었다. 어떤 길을 가든 내가 선택한 방향이 최선의 길이라 믿고 가면 그만이었다. 이미 지나간 과거가 아니라 지금 현재를 살면 되었다. 설사 죽음으로 결과를 맞이한다 하더라도 더 이상 후회는 없었다. 그래, 이정도면 됐지, 나는 스스로에게 말하면서 식탁을 정리한다.

마당으로 나와 맨발로 마당을 걷는다. 어둠이 집과 마당으로 서서히 침투한다. 세상과의 경계가 희미해진다. 발을 씻고 방으로 들어온다. 요가 매트를 깔고 무릎이 닿는 부분에 방석을 놓는다. 몸을 굽혀 절을 한다. 온몸 운동이다. 머리부터 손가락, 발가락까지 움직이게 만든다. 아침저녁으로 백팔배를 한다. 엎드렸다 일어서면 내 속의 장기도 운동을 하는 것 같다. 오늘은 오랜만에 숫자를 입 밖으로 세어 본다. 백팔, 백오십…, 여력이 있으면 점점 횟수를 늘인다. 방석 위에 앉아 호흡을 고른다. 땀이 식을 즈음 자리에서 일어난다. 밖에 나가 테이블이 있는 의자에 앉는다. 미지근한 물을 한 잔 마신다. 개운해진 몸을 느끼면서 어둠을 바라본다. 어둠이 눈앞에 다가온다. 어둠에 묻혀 세상이 사라진다. 깜깜하다. 훅, 한 대 맞은 것처럼 갑자기 정신이 얼얼하다.

방으로 들어와 수면 등을 켠다. 주황색의 불빛이 은은하다. 방석 위에 앉아 허리를 꼿꼿하게 편다. 눈을 감고 호흡에 집중한다. 숨을 들이쉬고 내쉬다 어느 순간 호흡도 버린다. 아무 생각이 나지 않는 상태의 지속이 명상이라고 했다. 그래서 무미건조하다고 했다. 요즘 생각이 너무 많다. 오늘도 하루 종일 생각 속에서 허우적거렸다. 생각이 많으면 몸이 빨리 지쳤다. 가만히 있어도 생각을 하면 일을 하는 것 같았다. 그래서 명상을 정신의 휴식이라고도 했다. 처음에는 잠이 쏟아졌다.

눈을 감고 있으니 오 분을 넘기지 못했다. 잠이 오지 않을 즈음에는 생각이 왔다. 무슨 생각이 그리 많은지 끊이지가 않았다. 하나의 생각이 다른 생각을 불러오고 심지어는 까마득히 잊고 있던 어린 시절의 기억까지 소환했다. 꼬리에 꼬리를 무는 이야기가 아니라 생각이었다. 이게 가장 좋지 않은 것이라고 치유원에서 그렇게 말했건만. 생각을 하고 있는 나를 알아차리고 다시 호흡에 집중하라고 강조했다. 요즘은 알아차리기도 하고 그냥 생각 속에서 헤매기도 한다. 그러다 보면 두세 시간이 훌쩍 가 있다.

시간도 상대성 원리가 적용되는 것 같다. 통증에 시달릴 때의 십 분은 하루보다 더 길었다. 다시 또 생각 속으로 빠져든다. 숨을 길게 내쉰다. 배꼽 아래, 단전이라고 불리는 곳에 주의를 기울인다. 시간이 다르게 느껴지는 이유는 무엇일까, 단지 심리적인 인식의 차이 때문일까, 싶다가 무게, 라는 단어가 떠오른다. 무게도 상대적이다. 같은 물체라도 지구와 달에서의 무게가 다르다. 달에서는 지구에서보다 더 가볍다. 중력이 다르기 때문이다. 중력은 질량을 가지고 있는 모든 물체가 서로 잡아당기는 힘이다. 질량이 클수록 중력은 강해지고 시간은 느려진다. 그러면 통증이나 생각에도 무게가 있을까, 그러고 보니 통증이 강할수록 시간이 느리게 흐른 것 같기는 했다. 생각은?

예전에 봤던 다큐멘터리가 생각났다. 똑같은 화분을 창가에 두고 하나에는 싫어, 미워, 라는 말을, 다른 하나에는 좋아, 사랑해, 라는 말을 반복적으로 했다. 한 달 후에 하나는 점점 시들어 죽었고 다른 하나는 생생하게 꽃을 피웠다. 말에 힘이 있다는 것을 증명하는 실험이었다. 말을 하기 이전에 생각을 한다. 눈에 보이지는 않지만 부정적인 생각은 무겁고 긍정적인 생각은 가볍다고 할 수 있다. 무거워서 강하게 작용했다고 본다면 생각의 무게도 재는 것이 가능하다.

쿨럭, 기침이 터져 나온다. 생각 속에서, 명상에서 기침과 함께 깨어난다. 가래가 쏟아진다. 입 안에 비릿한 냄새가 난다. 휴지를 집어 뱉어낸다. 기침이 더 심해진다. 웅크리며 얼굴을 바닥에 댄다. 들썩일 때마다 갈비뼈가 하나씩 부러지는 것 같다. 눈을 감고 주먹을 힘껏 쥔다. 기침이 계속 이어진다. 머리맡에 휴지가 수북하다. 겨우 진정이 된다. 손으로 눈물을 닦는다. 자야지, 혼잣말을 하면서 이불을 편다.

저릿하다. 오른쪽 다리가 찌릿하면서 주기적으로 압박이 가해진다. 십 초에 한 번씩 돌로 내리찍는 느낌이다. 무릎을 구부려 아픈 부위를 쓰다듬는다. 얼마나 잤을까, 통증에 잠을 깨는 일도 이제는 익숙하다. 다리에서 골반으로 통증이 올라온다. 망치로 뼈를 두드리는 것 같다. 점점 속도가 빨라지더니 이번에는 돌로 가슴을 강하게 누른다. 또 기침이 터진다. 몸을 웅크리고 방 안을 뒹군다. 꽉 깨문 이 사이로 비명이 흘러나온다. 이런 고통은 겪을 때마다 새롭다. 익숙해지지가 않는다. 참을 수가 없다. 기어서 진통제를 찾아 급히 먹는다. 어지럽다. 머리에서도 통증이 느껴진다. 누군가 뇌를 손으로 잡고 찢는 것 같다. 감은 눈에서 번개가 치듯 빨간불이 번쩍인다. 통증이 내 몸 곳곳을 동시에 두드리고 찢고 공중에서 돌린다. 차라리 기절이라도 하고 싶다. 깨어 있는 것이 너무 고통스럽다. 주먹에서 땀이 흘러나온다. 암세포가 동시에 미쳐 날뛰는 것 같다. 아, 그러지 마, 내가 죽으면 너도 죽잖아, 말이 입 밖으로 나오지 않는다. 정신이 흐려진다. 다시 진통제를 찾아 마른 침과 함께 삼킨다. 몸에서 힘이 풀린다. 하지만 아픔은 그대로다. 이불 위에 드러눕는다. 무방비 상태다. 암세포는 더 격렬하게 내 몸을 찢고 때리고 쑤시고 있다. 이 젠 참을 힘도 없다. 있는 그대로의 통증을 온몸으로 받아낸다. 신음 소리도 나오지 않는다. 시간이 얼마나 지났을까, 정신이 아득해진다.

인공 신경망으로 연결된 인공 지능이었다. 필요한 지식이나 기술은 얼마든지 얻을 수 있었다. 심지어 운동이나 무술도 애플리케이션 하나 다운받으면 최고 수준에서 활용이 가능했다. 예술 분야도 마찬가지였다. 사람의 창작품이 훨씬 더 조잡해 보였다. 몸은 단단한 금속 위에 인공 피부를 입혔다. 사람과 구별이 가지 않을 정도로 섬세했다. 눈으로 감정을 표현하는 것도 사람과 다름없었다. 얼굴도, 체형도 내가 원하는 것으로 얼마든지 바꿀 수 있었다. 로봇이었지만 사람의 신체였다. 대신 배터리로 움직였다. 음식을 먹을 필요가 없기에 화장실에 갈 이유도 없었다. 사람의 몸에서 일어나는 생리 작용은 아예 필요가 없었다. 잠을 자지 않아도 전혀 피곤하지 않았다. 다행이었다. 암세포 따위가 증식하지도 않을뿐더러 통증으로 고통받지 않아도 되었다. 더 다행인 것은 인공 지능에 나의 자아와 의식이 업로드되어 있었다. 나의 어린 시절 기억과 지금의 생각을 그대로 유지하고 있었다. 병에 걸릴 걱정 없이 영원히 나로 존재하며 살아갈 수 있었다. 진시황이 그렇게 꿈꾸던 불사의 몸이 된 것이었다. 아니, 원래 나의 뇌에 슈퍼컴퓨터를 장착하고 무쇠로 만든 심장, 팔과 다리를 가진 인간이 되어 있었다. 나의 정체성을 유지한 채 영원히 죽지 않는 신인류의 탄생이었다. 가슴이 벅차올랐다. 하지만 왼쪽 가슴에 꽂는 배터리의 수명이 유일한 단점이었다. 삼 년이었다. 그래서 여기서는 삼 년이 지나면 새로운 배터리로 교체할 것인지, 아니면 폐기될 것인지 결정해야 했다. 폐기가 되면 고철로 사라지는 것을 의미했다. 교체와 폐기 사이에서 결정을 해야 하는 순간이었다. 나는 당연히 배터리의 교체를 선택할 줄 알았는데 멈칫하며 망설이는 것이었다. 꿈은 항상 이 선택의 순간에서 멈추었다.

눈을 뜬다. 여기가 어디지, 주변을 살핀다. 방 안이다. 진통제에 취해 잠들었나 보다. 손에 잡히는 대로 입에 털어 넣은 기억이 난다. 적막하다. 창밖은 아직 어둡다. 손으로 얼굴을 만져 본다. 머리와 다리도 만진다. 살이다. 딱딱한 금속이 아니다. 로봇에게도 인공 피부를 입힐 수가 있다. 허벅지를 꼬집는다. 아프다. 그러고 보니 통증의 여운이 남아 있다. 몸 곳곳이 미세하게 저리거나 쑤신다. 수명을 다한 배터리의 마지막처럼 강도가 미미하다. 갑자기 속이 좋지 않다. 급히 화장실로 달려간다. 묵었던 변이 한꺼번에 빠져나온다. 대변을 볼 수 있는 것이 살아 있다는 증거다. 이렇게 느끼면서 살아 있고 싶다. 아니 사는 동안 하나라도 더 느끼고 싶다. 세상에는 내가 경험하지 않은 것들이 너무나 많다. 아직은 죽고 싶지 않다. 방으로 들어온다. 또 배에서 신호가 온다. 다시 화장실로 간다. 이번에는 전보다 더 얇은 변이 나온다. 다시 방에 오자 앉지도 못하고 화장실로 달려간다. 설사다. 수압이 센 수도꼭지처럼 묽은 변이 빠져나간다. 잔변감이 있어 변기에 한참을 앉아 있는다. 다리가 저리다. 엉덩이에 힘을 준다. 면 가락 같은 것이 찔끔거리며 나온다. 색깔이 검다. 마지막 가락까지 뽑아낸다. 내 배 속에 이렇게 많은 변이 있었나 싶다. 그래도 비워내니 속은 개운하다.

방으로 들어온다. 벽에 기대어 앉는다. 다리를 모으고 무릎을 접는다. 머리를 무릎 위에 댄다. 조용하다. 한

참을 웅크려 있다. 누군가 그런 나를 바라보는 것 같다. 천장에 CCTV가 보인다. CCTV가 나를 쳐다보고 있다. 고개를 들어 나도 CCTV를 응시한다. 이런 나를 지켜보는 시선이 있다. CCTV를 응시하고 있는 나를 바라보는 또 다른 시선이 느껴진다. 기분이 이상하다. 우주 속에서, 지구 안에서, 먼지가 된 것 같다. 아니다. 전자다. 먼지의 전자다. 어지럽다. 빙빙 돈다. 일정한 궤도를 돌고 있다. 원이다. 가운데 빨간 핵이 있다. 핵이 너무 많아 셀 수가 없다. 핵보다 훨씬 더 많은 전자들이 주위를 돈다. 나도 그중 하나다. 우우웅, 빈 공간에 소리가 울린다. 눈에 보이지 않지만 무게가 느껴진다. 소리가 아니다. 파도처럼 물결이 있다. 물결이 나를 덮친다. 올라갔다 내려갔다 흐름을 탄다. 몸이 흐느적거린다. 서서히 갈라진다. 분해된다. 물결처럼 울렁인다. 파동이다. 조용하다. 흐름이 느려진다. 직선처럼 옆으로 늘어난다. 움직임이 멈춘다. 빈 공간으로 퍼져 나간다. 몸이 보이지 않는다. 아득히 사라진다.

나는 고개를 든다. 방 안에 웅크리고 앉아 있다. 먼지보다 더 작은 존재가 되어 소멸된 것만 같다. 이것도 꿈인가, 싶다. 창밖이 환하다. 신선한 공기를 마시고 싶다. 천천히 일어나 마당으로 나간다. 언덕 위로 해가 모습을 드러낸다. 바람 하나, 햇살 한 줌이 소중하다. 나는 두 팔을 벌리고 공기를 깊이 들이마신다. 텃밭에 물을 주어야 한다. 수도꼭지를 틀어 호스를 들어 올린다. 물이 공중으로 흩날린다. 물의 입자가 반원을 그린다. 햇빛을 받은 물이 밝은 빛을 띤다. 나는 호스를 더 높이 치켜든다. 마당에 무지개가 뜬다.

딥페이크

조용하다. 세상이 멈춘 것 같다. 나는 고개를 든다. 글자들이, 소리들이 나를 가운데 두고 포진하고 있다. 명령만 떨어지면 일제히 공격을 시작할 것 같다. 옥상이라는 글자가 조금 움직인다. 맹렬한 속도로 나에게 달려들어 팔에 박힌다. 따끔거린다. 신호라도 되는 듯 글자들이 나에게 일제히 달려든다. 팔을 휘저어 보지만 소용이 없다.

위원회의 시작 시간을 알리는 알봇(R-Bot)의 음성이 들려왔다. 지수는 기지개를 켜면서 접속해 줘, 라고 말했다. 집의 소파에 앉아 있지만 눈앞에는 경찰서의 회의실이 펼쳐졌다. 회의실 의자 위에는 홀로그램으로 변한 지수의 모습이 보일 것이었다.

"김지수 학생이죠? 신고한 내용을 확인하고 솔직한 심경을 말씀해 주시면 됩니다."

공감위원회 전담관이라고 소개한 여자 경찰이 말했다. 경찰 제복이 단정해 보였다. 테이블 위에 놓인 명패가 눈에 들어왔다. 공감위원장, 변호사, 청소년상담센터장, 학부모위원 등의 글씨 뒤에 사람들이 앉아 있었다. 전담 경찰관이 말을 시작했다.

"2054년 6월 2일 오전 10시 35분경, 김지수 학생이 가짜 동영상으로 성적 모욕감을 느꼈다고 경찰서에 신고했습니다. 먼저, 신고한 동영상을 보겠습니다."

스크린에는 영상이 상영되었다. 건물 옥상이었다. 교복을 입은 남학생과 여학생이 포옹하고 있다가 이내 키스를 했다. 남학생이 여학생의 치마 속으로 손을 집어넣었다. 여학생의 짧은 신음과 함께 동영상은 멈추었다. 그 장면을 확대한 사진이 나타났다. 동영상의 얼굴은 지수가 맞았다. 남학생의 얼굴도 선명했다. 장소도 실제로 존재하는 건물이었다.

"보시다시피 전형적인 딥페이크 영상입니다. 프로그램을 통해 인물을 합성하여 현실의 공간에 덧씌운 것입니다. 딥웨어 스캐너로 분석한 바에 따르면 동영상 원본은 삼 일 전에 녹화되었으며 워터마크도 희미하게 남아 있는 것으로 확인되었습니다. 양성근 학생이 제작했으며 박현우 학생이 한튜브라는 동영상 플랫폼에 이 영상을 이틀 전에 탑재한 것으로 밝혀졌습니다. 해당 학생들도 자신들의 행위를 인정했습니다. 관련 학생들은 허위 사실 적시에 의한 사이버 명예 훼손으로 성폭력 범죄의 처벌 등에 관한 특례법을 적용할 수 있습니다."

지수의 입꼬리가 올라가며 허접한 찐따 새끼들, 비웃음 섞인 말이 튀어나왔다. 전담 경찰관이 황급히 지수의 말을 덮으려는 듯 김지수 학생의 말을 들어 보겠습니다, 라고 말했다. 사람들의 시선이 자신에게 쏠리는 것을 느끼며 지수는 말했다.

"아, 오해할까 봐 말하는데요, 저는 남자 친구를 사귄 적이 없어요. 저 새끼가 저를 일주일 정도 따라다니

면서 사귀자고 했는데 싫다고 거절했어요. 학교 옥상
에서 했다, 남자 몇 명이랑 했다, 뭐 이런 말도 쫙 났지
만 가장 싫었던 건 저 새끼가 제 남친으로 알려진 거예
요. 저런 변충이랑 엮인 게 더 수치스러웠어요. 그래서
용서니 화해니 뭐, 그런 생각 없고요, 앞으로도 쟤네들
하고 얽히고 싶지 않고요, 그리고 학교에서도 마주치
고 싶지 않아요."

남학생들은 여전히 고개를 숙이고 있었다. 그들을
향해 하고 싶은 말이 있느냐고 전담 경찰관이 물었다.

"지수를 사랑했어요. 고백했는데 받아 주지 않아
며칠 따라다녔어요. 그냥 좋아하지 않는다고, 친구로
지내자고 거절하면 되는데, 저를 모욕했어요. 징그러
운 짐승 보듯이 저를 쳐다보며 꺼지라고 해서."

양성근은 더 이상 말을 잇지 못했다. 중앙에서 시작
된 감정 그래프는 말하는 도중 급격히 상승하여 흥분
상태를 표시했다. 반면 사실성 정도를 나타내는 곡선
은 그대로 유지되었다.

"성근이가 제게 부탁을 했어요. 자기와 지수가 키
스한 동영상이라고, 다른 학생들이 믿지 못하니까 올
려 달라고 해서 그만, 잘못했습니다."

현우도 말을 마치고 고개를 숙였다. 부모님들의 발언이 이어졌지만 지수는 더 듣고 싶지 않아 접속을 종료했다.

깜박 잠이 들었나 보았다. 느린 피아노 소리가 들려왔다. 간혹 새가 지저귀거나 시냇물이 흐르는 소리도 들렸다. 수면 모드를 해제하시겠습니까? 알봇의 음성이 들렸다. 응, 알봇, 지금 몇 시야? 오후 여섯 시 십 분입니다. 감미로운 목소리였다. 지수가 좋아하는 가수의 목소리로 변환한 결과였다. 그 가수가 다정하게 쳐다보면서 대답하는 것 같았다. 음악이 끊기고 방에 불이 켜졌다. 엄마는? 아직 귀가 전입니다. 대신 어머니에게서 온 홀로그램 메시지가 한 건 있습니다. 보여 줘. 지수가 앉아 있는 맞은편에 영상이 나타났다. 엄마의 직장 사무실이었다.

우리 딸, 오늘 고생했어. 우리 딸 원하는 대로 해 달라고 내 의견도 말했어. 엄마 프로젝트 끝나면 같이 여행 가자. 맛있는 거 사 갈게. 조금만 기다려. 사랑해, 라는 말과 함께 홀로그램은 사라졌다. 지수는 거실로 나갔다. 타조알처럼 생긴 알봇이 소리도 없이 따라 나왔다. 소파에 앉았다. 식사를 준비할까요? 알봇이 물었다. 입맛이 없었다. 알봇의 목소리를 가진 가수가 보고 싶었다. 말없이 안아만 줘도 기분이 한결 나아질 것 같았다. 알봇, 힐링 주스랑 비스킷 좀 갖다주고 어제 보던 뮤지컬 틀어 줘, 지수는 소파에 비스듬히 누우면서 주방으로 굴러가는 알봇을 바라봤다. 지수 목소리에만 반응하는 개인 로봇이었다. 아직은 음성으로 말을 해야 하는 불편함이 있었다. 초보 단계지만 뇌파에 반응하는 로봇이 내년에 출시 예정이라는 광고를 본 적이 있다. 머릿속으로 생각하면 로봇이 주인의 생각대로 반응해서 움직인다고 했다. 물론 범죄에 해당하는 명령은 지금처럼 철저히 거부하는 것으로 세팅될 거였다.

선화 공주는 누명을 벗을 수 있을까, 지수는 궁금했다. 마를 캐어 파는 서동이라는 아이와 선화 공주가 사귀어 밤에 몰래 만난다는 노래가 대궐에까지 알려졌다. 진평왕은 분노했고 즉시 근위대를 시켜 서동을 잡아 오라고 명령했다. 서동 역할을 맡은 배우가 가수 뷔우였다. 지수는 뷔우가 좋아한다는 선화 공주에게 질투를 느꼈다. 알봇이 테이블로 변하면서 뮤지컬을 재생시켰다. 소파 앞 허공에 스크린이 펼쳐졌다. 지수는 손을 뻗어 테이블 위에 있는 비스킷을 집었다.

선화 공주가 시장 바닥을 걸어가고 있었다. 보따리를 안고 힘없이 한 발짝 움직였다. 석양이 선화 공주가 지나간 자리에 긴 그림자를 만들었다. 그 뒤에 흘낏거리며 서동이 선화 공주를 지켜보고 있었다. 나쁜 놈, 거짓말한 거잖아. 지수는 서동을, 아니 화면 속 뷔우를 째려보았다. 거짓말, 성근이도 남친이라고 거짓말을 했잖아. 더 이상 뮤지컬을 보고 싶지 않았다. 국어 시간의 모둠 과제였다. 고대 가요의 작품을 한 편 골라 자유롭게 해석하여 연극이나 뮤지컬, 또는 영화나 다큐멘터리 등의 콘텐츠로 발표하는 것이었다. 지수의 모둠은 뮤지컬을 계획 중이었다. 서동의 거짓말, 가짜 뉴스라는 관점을 부각하여 현대적으로 재해석하자고 지수가 먼저 제안하였다. 다음 주에는 대본의 초안을 친구들에게 보여 주어야 했다.

경찰서에서 상담센터장이라는 여자가 했던 말이 생각났다. 거짓말로 희생된 학생이 있었다고, 삼십 년 전에 있었던 박미연 사건과 비슷하다고. 지수는 알봇에게 박미연 사건 찾아 줘, 라고 말했다.

영상이 사라지고 스크린 가득 검색된 자료들이 보

였다. 눈으로 굵직한 글씨의 제목을 훑었다. 한 여고생의 안타까운 죽음, 학교 폭력 사건 경찰서 이관, 시군구 단위의 대안 학교 설립 등의 문구가 보였다. 지수도 어렴풋이 들은 적이 있었지만 자세히는 알지 못했다. 2024년에 발생한 사건이었고 그해는 지수가 태어나기 십삼 년 전이었다. 영화와 다큐 등의 동영상도 보였다. 실화를 바탕으로 사건을 재구성했다는 설명이 영화 소개에 붙어 있었다. 알봇, 미연 팩트 틀어 줘, 지수는 말하고 스마트안경을 꼈다. 주인공 모드로 보기 위해서였다.

여고생이 교복을 입고 바닷가에 서 있다. 파도 소리가 들린다. 사람 크기만 한 바위가 보인다. 울퉁불퉁한 바위를 파도는 끊임없이 와서 부딪힌다. 저러면 바위가 부서질까, 회색빛의 바위가 조금이라도 하얗게 변할까, 생각한다. 다시 파도가 밀려온다. 바위는 꿈쩍도 않는다. 뭉쳐 있는 마음의 응어리 같다. 감정의 파도가 밀려올 때마다 바위는 점점 검은색으로 덧씌워진다. 파도가 다시 밀려와 바위를 때린다.

움찔, 지수는 몸을 떨었다. 미연이가 지수의 얼굴

을 하고 있었다. 미연의 생각과 감정을 그대로 느낄 수 있었다. 시청자 모드로 전환해? 지수는 잠시 망설였다. 뷔우 오빠와 키스할 때의 감정이 떠올랐다. 뷔우 오빠가 주인공으로 나오는 영화였다. 그때는 특정 인물 모드였는데 상대 여배우를 지수로 설정했다. 지수가 뷔우 오빠와 눈을 맞추고 키스를 했다. 두근거림이 그대로 전해졌다. 지수는 이성보다는 감정을 믿었다. 생각을 멈추고 조용히 감정에 귀를 기울이면 정말 원하는 것이 무엇인지 알 수 있었다. 오늘 지수가 겪은 것과 같은 상황에서 미연의 감정을 확인해 보고 싶었다. 영화를 보는 동안 오롯이 주인공으로 빙의되는 것이 주인공 모드였다. 지수가 미연이 되어 미연이 겪었던 사건을 그대로 경험하는 것이었다. 그리고 짧은 시간이지만 스마트안경을 착용하면 화면상의 감각도 느낄 수 있었다. 미연이 바닷가에서 파도 소리를 들으면 바다 냄새와 바람, 소리 등도 느낄 수 있었다. 그 감정과 감각, 심지어 인물의 생각까지 느끼면서 지수는, 아니 미연은 다시 영화를 보기 시작했다.

남친이랑 옥상에서 했다며?

삼 일 전 밤에, 같은 반 친구로부터 날아온 카카오톡 메시지였다. 나는 조심스럽게 무슨 말이냐고 물었다.

남자애들 사이에 쑥덕대는 말이 있어서.

그런 적 없어.

문자를 입력하는 손가락에 힘이 빠졌다. 핸드폰 화면을 바라보는데 글자도 힘이 없어 흐느적거렸다. 이때부터였는가, 엉킨 실타래처럼 몸과 마음이 엉망으로 꼬여 버렸다.

그제는 수업 시간에 무엇을 배웠는지 전혀 기억이 나지 않았다. 쉬는 시간에도 화장실에 간 기억이 없었다. 급식은 먹었나, 입맛도 없었다. 선생님들이 칠판에 분필로 글씨를 적었다. 하얀 분필 자국이 주루룩, 물을 머금은 것처럼 교실 바닥으로 미끄러졌다. 너, 학교에서 어떻게 그럴 수 있어, 선생님들이 묻는 것 같았다. 시를 설명하면서도, 그림을 그리면서도, 심지어 뮤지컬 가사처럼 노래로도 물었다. 아니, 묻는 것 같았다. 그런 적 없다, 고 속으로 나는 대답했지만 마음속에서만 메아리로 울렸다. 청소 시간이었다.

걸레 빨아 와서 칠판 좀 닦아.

담임 선생님이 말했다. 반 아이들은 일제히 나를 쳐다봤다. 웅성거리는 소리들이 들렸다.

걸레는 걸레가 빨아야지. 빤다고 걸레가 깨끗해지냐?

샤워를 하면 내 몸에서 구정물이 나올 것 같았다. 머리를 감으면 진한 갈색의 물이 꾸역꾸역 나올 것 같은, 퀴퀴한 냄새가 교실 가득 퍼질 것 같았다. 입을 열면 썩는 냄새가 나서 진짜 걸레가 되어 버릴 것 같았다. 나는 입술을 앙다물었다. 아니라고 말을 해야 하는데 입을 열 수가 없었다.

어제 아침에는 학교를 가다 문득 바다가 보고 싶었다. 학교를 가고 싶지 않았다. 발걸음을 돌려 무작정 버스를 타고 동해로 갔다. 먼 기억 속의 바다는 그리움이었다. 얼굴도 기억나지 않는 아빠였다. 아빠는 나를 안아 조심스럽게 바닷물과 처음 만나게 해 주었다. 바닷물에 손이 닿았다. 놀란 마음이 차츰 풀어지면서 까르르 웃었던 기억이 났다. 바닷물은 따뜻했다. 편안하고 안전하다는 최초의 감정이었다. 아빠는 지금 어디 있을까, 그때처럼 파도에 휩쓸리지 않게 나를 보호해 줄 수 있을까, 아빠라는 존재가 있었으면 아이들이 이런 말도 못 하지 않았을까 싶다.

왜 하필 나일까, 내가 무엇을 잘못했기에 저런 소리를 들어야 하나, 생각만 해도 눈물이 난다. 눈가가 짓물러 깜빡일 때마다 따끔하다. 그리고 무엇보다 두렵다. 엄마가 알면 어떡하지, 더 소문이 퍼지면, 학교생활은 제대로 할 수 있을까, 가슴이 쿵쾅거린다.

휘청, 파도에 쓸려 다시 넘어진다. 바위에 무릎이 쓸리면서 피가 배어 나온다. 이내 다가온 파도에 핏자국은 사라진다. 찌릿한 아픔이 파도의 울렁임과 함께 남는다. 나는 수평선을 바라본다. 바닷속도 따뜻하겠지, 문득 그 안으로 들어가고 싶은 마음이 파도처럼 일렁인다. 가슴속에 있는 단단한 돌멩이 같은 게 따뜻한 바닷속에서는 풀어질 것도 같다.

또 결석을 할까 하다가 억지로 학교에 온다. 내가 교실에 들어서자 시끄럽던 소리가 멈춘다. 아이들이 나를 보고 황급히 제자리로 돌아가 앉는다. 4교시 종이 치고 자리에 엎드린다. 두런두런 남자아이들의 말소리가 들린다. 목소리를 낮추어 속닥이는 소리가 난다. 나에게 걸어오는 발소리가 점점 커진다.

미연아.

나는 고개를 든다.

아, 진짜, 음, 궁금해서 그러는데, 내가 가위바위
보에서 져 물어보는 거야. 애들이 궁금하다고 해서.
너 학교 여자 화장실에서도 했어? 몇 명이랑 했어?

나는 눈을 감고 다시 엎드린다. 입술을 힘껏 깨
문다. 어금니에도 힘이 들어간다. 몸이 부르르 떨린
다. 갑자기 정적이다. 세상의 모든 소음이 벽 속으로
빨려들어 간 것 같다. 가슴속 검은 돌멩이가 밀집하
는 소리가 들린다. 너무 단단하게 뭉쳐 이대로 굳어
져 버릴 것만 같다. 다이아몬드보다 더 단단해서 그
무엇으로도 깰 수 없는 상태로 변할까, 내 가슴속에
영원히 남아 있을까 두려워 몸이 떨린다.

나는 길게 한숨을 내쉬며 얼굴을 든다. 남자아이
들은 언제 나갔는지 보이지 않는다. 숨을 길게 내쉰
다. 그렇게 오 분을 앉아 있다 나는 의자에서 일어나
교무실로 향한다.

학폭 신고 하러 왔습니다.

나는 학교 폭력 전담 선생님과 삼십 분 정도 면

담을 하고 저번 카톡 내용과 오늘 일에 대해 학교 폭력 신고서에 적는다.

성적인 말로 너에게 성적 굴욕감과 수치심을 느끼게 만들었기 때문에 성폭력에 해당해. 학교 폭력으로 접수하고 전담 기구에서 조사할게.

네, 고맙습니다. 오늘 조퇴했으면 합니다.

그래. 힘들지? 위클래스 선생님과 상담할래? 아니면 긴급 조치로 삼 일 정도 인정 결석 처리해 줄까? 오늘 조퇴도 인정으로 처리하고.

나는 집에 가고 싶다고 말한다. 뭐라고 더 말씀하셨지만 위잉, 선생님의 음성이 들리지 않는다. 인사를 하고 교무실을 나선다.

얼마를 잤을까, 밖은 어둠이다. 양손으로 얼굴을 쓰다듬고 팔과 다리를 만져 본다. 몸이 너덜너덜 찢긴 것 같다. 눈을 떴는데 일어날 마음이 없다. 그대로 누워 천장을 바라본다. 한참을 쳐다본다. 까만 점이 보인다. 볼펜 심만 한 점이다. 초점 없이 점을 응시한다. 얼마나 지났을까, 점이 손톱 만하게 커져 있다. 저 점 속에 들어가 숨어 버리면 사람들이 더 이상 찾지 못할 텐데, 흔적도 없이 사라지고 싶다.

몸이 녹는 것 같다. 초등학교 때 봤던 일본 애니메이션이 생각난다. 입으로 불을 내뿜는 거인이었는데, 불로 세상을 다 태워 버렸는데, 너무 많이 사용했던가, 마지막에는 피식, 허연 입김을 내며 몸이 끈적한 액체로 녹아내렸다. 흐물흐물 바닥에 흥건하던 불 거인의 몸이 꼭 나인 것 같다. 아니다. 사막이다. 태양이 강렬하게 몸을 비추고 있다. 열기로 숨을 쉬기도 힘들다. 벌거벗은 채 사막에 쓰러져 있다. 목이 타들어 간다. 누워 있는 내게 돋보기를 들이댄 것 같다. 다른 곳보다 몇 배나 강한 빛이 몸을 비춘다. 타는 냄새가 난다. 의식이 가물거린다. 냄새가 더 심해진다. 화르륵, 불이 붙는다. 사타구니다. 음모를 태우고 자궁을 태운다. 타는 냄새가 지독하다. 코를 막고 싶지만 손을 움직일 힘이 없다. 의식이 흐려진다.

알봇, 그만. 지수는 자신도 모르게 소리쳤다. 스크린이 사라졌다. 스마트안경을 벗고 촉촉해진 눈가를 손등으로 훔쳤다. 시큼한 냄새가 났다. 삼 초 안에 냄새는 사라졌지만 사타구니 근처가 얼얼했다. 홀로그램 메시지가 한 건 도착했습니다, 알봇이 말했다. 틀어

줘. 스크린이 펼쳐졌다. 공감위원회 위원장의 영상이
었다.

"이런 일이 발생하게 되어 유감을 표하며 김지수 학생 마음의 빠른 회복을 기원합니다. 회의 결과를 말씀드리겠습니다. 김지수 학생은 내일부터 전국에 있는 힐링 센터 중 원하는 곳에서 최대 한 달 동안 치유 프로그램을 제공받을 수 있습니다. 첨부된 주소로 접속하여 신청하시면 됩니다. 양성근 학생은 대안 학교로 강제 전학 조치되어 삼백 시간 이상 성폭력 방지 프로그램 이수 및 이백 시간 이상 사회봉사를 수행해야 합니다. 동영상을 올렸던 박현우 학생은 다른 학교로 전학 조치되었고 이백 시간 이상 정보윤리 프로그램을 이수하는 것으로 결정되었습니다. 이상의 조치 결과에 대하여 김지수 학생은 삼 일 이내에 이의를 신청하실 수 있습니다."

지수는 양성근을 학교에서 마주칠 일이 없다는 사실이 무엇보다 다행스러웠다. 알봇이 연결해 준 치유 프로그램을 살펴봤다. 산속에 있거나 바다와 접해 있는 최고 수준의 호텔급 시설이었다. 상담을 비롯한 각종 프로그램은 선택 사항이었다. 마음이 조금 가벼워졌다. 알봇에게 다시 영화를 틀어 달라고 말했다.

흐릿한 윤곽이다. 창으로 새어 들어온 불빛에 얼굴이 보인다. 누군가 한 손은 나의 손을 잡고 한 손은 이마에 대고 있다.

깼어? 담임 선생님에게 전화 받았어. 엄마한테 말하지 그랬어?

말하면, 엄마가 어떻게 할 건데. 어른들끼리 해결한다고 할 거면서, 말이 머릿속에서 맴돈다. 나는 다시 눈을 감는다. 좀 더 자. 엄마가 방을 나가면서 말한다.

중학교 2학년 때도 그랬다. 포걸스, 초등학교 6학년 때부터 계속 붙어 다닌 베프 오브 베프들이 있었다. 미모 미연, 추진 나정, 공부 민지, 아이디어는 세나가 담당이었다. 중학교에 올라와서 반은 달랐지만 우리들은 변함없이 뭉쳐 다녔다. 쉬는 시간에는 화장실도 같이 가고 점심도 기다렸다가 함께 먹었다.

어느 날인가, 학교를 마치고 떡볶이를 먹기로 했다. 나정이 조금 늦게 같은 반 남자아이와 함께 나타났다. 나정의 남친이었다. 나정을 뺏긴 것 같은 서운

함과 약간의 부러움이 일었다. 점점 나정이 빠지고 셋이 모이는 날이 많았다. 한 달 정도 지났을까, 나정의 남친에게서 페이스북으로 디엠이 왔다. 이름이 동훈이었다.

아버지가 국회의원인데 넌 왜 아버지가 없다고 했어?

나정에게 들었다고 했다.

얼굴이 존예면 구라 까고 다녀도 되니? 재수 없어.

나정에게 전화를 했지만 받지 않았다. 민지와 세나도 마찬가지였다. 나만 모르는 셋만의 비밀이 생긴 것 같았다. 그즈음이었다. 쉬는 시간에 화장실을 다녀왔는데 책은 바닥에 떨어져 있고 필통의 내용물들은 교실 여기저기에 흩어져 있었다. 의자는 복도에 넘어진 채 놓였고 책상 위 연습장에는 휘갈겨 쓴 글씨가 보였다. 구라 년. 다음 날에는 신발이 없어졌고 체육 시간에 벗어 놓은 교복 윗도리가 찢겨 있었다. 나는 담임 선생님과 엄마에게 이 사실을 말했다.

신경 쓰지 마. 엄마가 다 알아서 할게.

십 일 후 학교폭력대책자치위원회가 개최되었다. 엄마가 집단 따돌림 피해자로 학교에 신고했다는 것이었다. 페이스북 메시지 이후로 친구들과 처음으로 만났다. 동훈도 보였다.

　제가 동훈이랑 사귀는데 동훈이는 미연이에게 관심 있는 것 같아서, 저는 미연이가 아빠가 없다고, 엄마랑 둘이 산다고 알고 있는데, 민지와 세나가 국회의원이라고, 가난하게 사는 것은 서민 코스프레라고 해서……

　나정이 말했다. 나는 왜 그런 거짓말을 하는지 이해가 되지 않았다. 친구들과 우리 집에서 같이 잔 적이 있었다. 주로 나정이 집에서 모였는데 방이 네 개였고 거실이 우리 집만큼이나 넓었고 먹을 것이 많았기 때문이었다. 그날은 엄마가 이모 집에서 자고 온다고 했다. 라면을 먹고 티브이로 영화를 보다가 민지가 소파에서 잠이 들었다. 깨웠는데도 일어나지 않아 모두 같이 자자고 했다. 그때 거실에 누워 엄마랑 둘이 산다고, 엄마는 식당 주방에서 일해서 밤 아홉 시 넘어 집에 온다고, 아빠는 얼굴도 모른다고, 어릴 때 사고로 돌아가셨다고 나는 친구들에게 말했다.

　하지만 차마 친구들에게 하지 못한 말이 있었다.

말할까, 망설였지만 결국 꺼내지 못했던 말, 입양아라는 사실이었다. 초등학교 4학년 여름이었다. 자고 일어났는데 거실에서 두런거리는 말소리가 들려왔다. 조금 열려 있는 방문 손잡이를 잡으려다 멈칫했다.

언니, 언니 살기도 힘든데 쟤 파양하면 안 돼? 혹 달고 재혼할 수는 없잖아?

그러게. 나도 모르겠다.

나는 아직 잠이 덜 깨서, 아니 자면서 꾸는 꿈인 줄 알았다. 멈췄던 숨이 쉬어지지 않았다. 그 이후로 고아, 입양, 파양이라는 말만 들어도 가슴이 내려앉았다. 나에게는 입 밖으로 내면 절대 안 되는 금기어가 되었다.

빗소리가 들렸다. 가만히 귀를 기울였다. 세나가 좋아하겠다. 가끔 비가 오면 세나 생각이 났다. 비 맞는 게 좋다며 우산을 두고 뛰쳐나갔던, 고개를 하늘로 젖히고 두 팔을 벌려 포걸스 영원하라고 외치던, 미친년 같다며 깔깔거렸던 기억이 났다. 세나는 나와 가장 친했는데 사실을 알고 있으면서 왜 침묵했을까, 한마디만 해 줬으면 되는데 왜 그랬을까, 내가 더 아팠던 이유였다.

그 이후 나는 친구들의 단톡방에서 나왔다. 엄마가 나서서 친구들 부모님과 몇 번 통화를 했다. 엄마가 전화를 먼저 거는 경우도 있었고 걸려 오는 전화를 받는 것도 보았다. 엄마는 전화기를 들고 방으로 들어갔기에 나는 통화 내용은 알지 못했다.

내가 잘 해결하려고 했는데 일이 꼬여서 어쩔 수 없네.

학폭위가 끝나고 엄마가 내게 했던 말이었다. 아, 세나가 준 쪽지도 있었다.

미안해, 네 엄마 때문에 부모님들이 화났어.

무슨 말일까, 머리가 아팠다. 일주일 후 나정은 전학을 갔다. 가끔 민지와 세나는 마주쳤지만 서로 외면했다. 무슨 말을 어떻게 해야 할지 몰랐다.

국어 시간이었다. 친구 소개하기 말하기 수행 평가를 한다고 했다. 아이들은 파워포인트에 친구 사진과 정보를 담아 발표를 했다. 같은 반인 경우에는 옆에 친구를 세워 놓고 설명을 하기도 했다. 발표를 듣는 동안 친구라는 말만 들어도 가슴이 따끔거렸다. 내 차례가 되었다. 소개할 친구가 없었다. 선생님이 내 이름을 불렀다. 눈이 마주쳤다. 나는 고개를 좌우로 흔들었다. 발표 안 해? 고개를 끄덕였다. 이때부터였다. 말을 거의 잃어버렸다. 학교에서 한마디도 하지 않고 지내는 날이 많아졌다. 엄마하고도 대화가 없어졌다. 말을 떠올리면 관련되는 일이 생각나고 그러면 마음이 따끔하면서 밑으로 가라앉았다. 동굴 속 박쥐처럼 눈만 끔뻑거리는 날이 많아졌다.

내가 입양되었던 날이 생일임을 최근에야 알았다. 그 사실을 알고부터 예의바른 아이가 되려고 했다. 엄마의 짐이 되기는 싫었다. 엄마가 좋아할까 봐 공부도 더 열심히 했고 설거지며 청소 같은 집안일도 도맡아 했다. 그래야만 할 것 같았다.

일어나 시계를 보니 오후 한 시다. 학교는 점심 시간이겠네, 잠시 먹먹해진다. 어제는 아무것도 먹지 못했다. 그런데 배가 고프지 않았다. 하루 종일 침대에서 자다 깨다 반복했다. 잠 속에, 꿈속에 있고 싶었다. 깨어나면 눈물만 흘릴 것 같았다. 억지로 몸을 일으켜 핸드폰을 집는다. 학폭 담당 선생님은 연락을 준다면서 아직이다. 담임에게 전화를 걸어 물어볼까 하다가 이내 생각을 접는다. 왜 내게만 비슷한 일이 반복적으로 일어날까, 아빠가 없어서일까 생각하는데 카톡 메시지가 뜬다.

미연아, 나 소영인데 이거 혹시 너 맞아? 요즘 페북에서 애들 난리야. 내가 아니라고 하는데 애들이 너 맞다고, 너네 학교 애들한테 들었다고 해서. 아니지?

문자 밑에 사진이 한 장 첨부되어 있다. 화장실에서 남자가 여자를 뒤에서 안고 있다. 여자는 구부정하게 허리를 숙였고 치마가 엉덩이 위로 들춰져 있다. 남자의 사타구니 부분이 여자의 엉덩이와 맞닿아 있다. 둘 다 교복을 입고 있는데 얼굴은 흐릿하다. 나는 사진을 터치하려고 손가락을 화면에 댄다. 손가락이 덜덜 떨린다. 엄지와 검지로 확대한다. 여자 얼굴을 확인하려고 했지만 전체적인 윤곽만 보일 뿐 누군지 알 수가 없다. 벽에 양손을 밀착시킨 여자의 옆모습만 보인다. 나는 다행이다, 라고 안도하면서 그런 내가 어처구니가 없다.

나 아냐. 난 남친도 없어.

소영에게 문자를 보내면서 나는 몇 번이나 글자를 수정한다. 계속 오타가 난다. 소영은 중학교 3학년 때 한 달 동안 나와 짝이었다. 둘이 있을 때는 걸정하는 척, 챙기는 척했지만 다른 아이들과 있을 때는 한 번도 먼저 나에게 말도 걸지 않았다. 문자를 보내고 나서도 핸드폰 화면을 닫지 못한다. 어떡하지? 이제 어떡해야 하나? 이 말밖에는 떠오르지 않는다.

갑자기 파도 소리가 들린다. 다시 반복적으로 그리고 지속적으로 파도가 밀려온다. 몸이 휘청거린다. 밀려나지 않으려고 다리에 힘을 주지만 더 큰 파도가 덮친다. 얼굴을 덮친다. 나는 눈을 감고 바닥에 주저앉는다. 타다다탁, 타다닥, 다른 소리가 겹친다. 컴퓨터 자판을 두들기는 소리다. 점점 커지면서 자판 소리만 들린다. 앞에서 나더니 이내 옆에서, 뒤에서도 소리가 난다. 소리가 겹치면서 증폭되어 처음보다 몇 배는 더 크게 들린다. 서서히 글자가 나타난다. 글자들이 여기저기서 날아다닌다.

친구, 엄마, 입양, 남친, 걸레…….

나는 허공으로 팔을 휘젓는다. 글자들이 폴짝, 손 위로 올라간다. 의자에서 일어선다. 재빨리 글자를 향해 손을 뻗는다. 글자들은 더 위로 날아오른다. 옆을 본다. 다른 글자들이 떠 있다. 몸을 들어 오른쪽에 있는 글자들을 잡는다. 문장이다. 살짝, 오른손

옆으로 피한다. 양손으로 글자들을 잡으려고 뜀박질도 해 본다. 점점 글자들이 나의 주위에서 멀어진다. 거실로 도망간다. 나는 문을 열고 글자들을 따라 거실로 나간다. 거실에서도 열 개가 넘는 글자들이 떠다니고 있다. 보이는 대로 팔을 뻗지만 하나도 잡히지 않는다. 그사이에 글자들은 점점 더 늘어난다. 마음이 급하다. 더 늘어나기 전에 잡아서 없애야 한다. 잡았다 싶었는데 손에서 미끄러지며 빠져나간다. 잡은 손에 힘이 들어간다. 잡으면 힘껏 글자들을 구겨 갈기갈기 찢어 버리고 싶다. 누구도 알아보지 못하게. 글자들이 현관문 쪽으로 달아난다. 현관문을 넘어간다. 글자들을 잡기 위해 나는 현관문 손잡이를 잡는다. 멈칫한다. 문을 열고 밖에 나가기가 겁난다. 현관문 밖에는 사람들이 칼을 들고 내가 나오기만을 기다리고 있을 것 같다. 무섭다. 어지러움이 인다.

미연아, 미연아, 이름을 부르는 소리가 들린다. 게슴츠레 눈을 뜬다. 엄마가 보인다. 나는 침대에 누워 있다.

괜찮아? 이제 정신이 드니? 현관문 앞에 쓰러져

있었는데, 괜찮지? 엄마 출근하는데 힘들면 병원에
가 봐. 밥 챙겨 먹고.

엄마가 방문을 닫고 나간다. 어제 있었던 일이
반복되는 것 같다. 나는 옆으로 돌아눕는다. 왼쪽 볼
이 침대 시트에 닿는다. 부드럽다. 이 감촉, 아빠다.
아련한 기억이었다. 잠에서 깼는데 누군가 내 머리
를 쓰다듬고 있었다. 손가락으로 코를 만지고 이내
볼을 손바닥으로 비볐다. 다시 손가락으로 입술을
만졌다. 그러더니 나를 들어 올려 품에 안았다. 내
볼에 그의 살갗이 닿고 조금 있다 입술 쪽으로 부드
러운 촉감이 느껴졌다. 지긋이 웃으며 나를 쳐다보
던 그 눈, 그 따뜻한 시선이 생각난다.

아빠, 고마워. 얼굴도 모르지만 그래도 내 인생
에 이런 장면 하나 만들어 줘서 정말 고마워.

나는 마치 아빠가 앞에 있는 듯 마음속으로 말
한다. 파도 소리, 그래, 그 바닷가였었지. 검은 바위
들 옆으로 펼쳐진 백사장, 까르르 웃는 소리에 타다
닥, 파도 소리에 자판 소리가 겹친다. 화장실, 글자
가 허공에 떠 있다. 나는 침대에서 일어난다. 잡아서
불태워 버리고 싶다. 손을 뻗는다. 글자가 거실로 나

간다. 나도 따라간다. 거실에는 열 개, 아니 백 개의 글자들이 빽빽하게 떠 있다. 타닥, 자판 두들기는 소리가 계속 들린다. 말소리도 난다. 글자들이 말을 한다. 교실, 남친, 걸레. 글자와 소리가 뒤섞여 웅성거린다. 나는 귀를 막는다. 손에 힘을 주고 양쪽 귀를 틀어막는다.

조용하다. 세상이 멈춘 것 같다. 나는 고개를 든다. 글자들이, 소리들이 나를 가운데 두고 포진하고 있다. 명령만 떨어지면 일제히 공격을 시작할 것 같다. 옥상이라는 글자가 조금 움직인다. 맹렬한 속도로 나에게 달려들어 팔에 박힌다. 따끔거린다. 신호라도 되는 듯 글자들이 나에게 일제히 달려든다. 팔을 휘저어 보지만 소용이 없다. 윙윙대는 소리가 말벌 같다. 글자들이 박힌 자리가 벌에 쏘인 듯 부어오른다. 나는 더 이상 참을 수 없다. 현관문을 열고 계단으로 뛰어 올라간다. 글자들이 무리 지어 따라온다. 숨을 헐떡이며 나는 철문 앞에 선다. 더 이상 올라갈 계단이 없다. 체중을 실어 문을 민다. 열린다. 나는 나가서 급히 문을 닫는다.

아파트 옥상이다. 처음 올라온 곳이다. 어, 파도

소리가 들린다. 나는 옥상 난간으로 걸어간다. 밑을 바라본다. 수평선이 보인다. 아빠와 같이 갔던 바다다. 파도가 백사장에 부딪힌다. 하얀 포말이 일었다 사라진다. 백사장에 아빠가 서 있다. 오라고 손짓한다. 빨리 아빠 품에 안기고 싶다. 난간 위로 올라선다. 나는 바다를 향해 뛰어내린다.

지수는 아악, 비명을 질렀다. 차가운 바람이 온몸을 휘감았다. 숨을 쉴 수가 없었다. 칼로 그은 듯 심장에서 통증이 느껴졌다. 눈을 뜰 수가 없었다. 뜨는 순간에 몸이 바닥에 부딪혀 조각날 것 같았다. 영화의 엔딩 자막이 끝날 때까지 지수는 소파에 돌처럼 앉아 있었다. 얼마나 지났을까, 지수는 겨우 눈꺼풀을 들어 올렸지만 아무것도 할 수가 없었다. 그대로 앉아 거실이 어둠에 잠기는 것을 보고 있었다. 천천히 몸을 일으켜 방으로 들어와 침대에 누웠다. 매트리스 속으로 몸이 가라앉는 것 같았다.

아빠를 향해 달려가는 미연이 떠올랐다. 지수도 지금까지 아빠 얼굴을 본 적이 없었다. 다른 아이들도 엄마하고만 사는 줄 알았다. 어린이집에 처음 갔을 때 남자 어른의 손을 잡고 오는 친구에게 물었다. 누구냐고, 응, 우리 아빠야. 아빠가 뭐야? 엄마랑 결혼해서 나를 낳아 준 사람. 그런 사람이 있다는 것을 지수는 처음 알았다. 지수와 반대로 아빠와만 사는 아이도 있었다. 왜 그럴까, 싶었지만 지수는 더 이상 궁금해하지 않기로 했다. 엄마와 살고 있는 지금이 충분히 행복했기 때문이었다. 그러다 몇 년 전에 우연히 알게 되었다. 물건을 찾다가 엄마가 숨겨 둔 태교 일기를 발견했다. 아빠는 엄마도 모르는 사람이었다. 결혼은 하기 싫고 아이는 낳아 기르고 싶은 엄마의 바람을 충족시키는 방법이 정자은행이었다. 인공 수정을 통해 임신했을 때의 설렘과 기쁨이 글을 읽는 지수에게도 전달되었다. 지금은 국가에서도 장려하는 대표적인 출산 지원 제도지만 당시로서는 새로운 영역이었을지도 몰랐다. 지수는 엄마, 낳아 줘서 고마워, 혼잣말을 하면서 일기를 덮었던 그때와 같은 말을 반복했다.

쉽게 잠이 오지 않았다. 알봇, 미연 사건 검색해 줘, 알봇은 수면 모드를 해제하고 미연 사건의 제목을 스크린에 비췄다. 미연이 남긴 변곡점, 이라는 제목이 눈에 들어왔다. 미연 사건 이후의 사회 변화, 특히 교육의 개혁을 시간상으로 아나운서가 설명하는 영상이었다.

"박미연 학생의 죽음 이후, 새로운 사실이 밝혀졌습니다. 중학교 학폭 때 미연 엄마가 관련 친구들 부모에게 돈을 요구하여 합의를 해 주었다는 내용이었습니다. 보도 다음부터 매주 여의도에서는 촛불 문화제가 열렸습니다. 처음에는 교사들이 주도하였지만 점차 일반 시민들도 참여했고 한 달 후에는 백만의 시민이 매일 모여 교육 개혁을 국회에 요구했습니다. 어른들의 무관심과 잘못된 제도가 미연을 죽게 만들었다는 자책, 세계 최저 수준의 저출산 국가에서 더 이상 한 명의 학생도 죽일 수 없다는 사회적 공감대가 형성되어 국회에서 법과 제도의 개혁으로 이어졌습니다. 수능 폐지 및 대학 평준화, 학급당 인원 스무 명, 학생 개개인 맞춤형 수업, 주 사 일 등교, 대학까지 학비 무료 등의 정책이 단계적으로 시행되었습니다. 국정의 최대 과제는 세계 최고의 교육 복지를 이루는 것으로 전면 수정되었습니다."

현관문을 여는 소리가 들렸다. 조금 후 지수 방의 문이 열렸다. 우리 딸, 힘들었지? 엄마는 지수의 손을 잡으며 말했다. 나 때문이 아니라 미연 언니 때문에 힘

들어. 아무리 옛날이지만 어떻게 그럴 수 있어? 엄마는
지수를 안으며 등을 토닥였다. 일어나, 딸 좋아하는 거
사 왔어. 달달한 게 들어가면 기분이 좀 풀릴 거야.

거실 탁자에는 타르트가 종류별로 놓여 있었다. 구
름타르트라고, 이걸 먹으면 구름 위를 걷는 느낌이래.
하얀 크림을 구름 모양으로 만든 것을 지수에게 건네
며 엄마는 말했다. 지수는 입으로 가져가면서 미연 팩
트 봤어? 하고 엄마에게 물었다.

"그럼, 슬프지, 지금에 비하면 참 미개한 시절이었
어. 그지?"

지수는 고개를 끄덕였다. 미연 언니에게 미안하기
도 하고 고맙기도 했다. 바다가 보고 싶었다. 동해에 있
는, 미연 언니가 갔었다는 바다를 보면서 죄송하다고
말을 건네고 싶었다. 메시지가 도착했습니다. 조용히
있던 알봇이 말했다. 틀어 줘. 스크린이 펼쳐졌다. 같은
반 친구인 혜정이었다. 놀란 얼굴로 숨도 쉬지 않고 말
했다. 지수야, 이거 확인해 봐. 너도 알지? 창기 오빠가
유료 플랫폼에서 본 건데 내게 보내 줬어. 지수는 알봇
에게 영상을 틀어 달라고 말했다. 낯익은 공간이었다.
의자에 앉은 남자의 허벅지 위에 여자가 알몸으로 앉

아 있었다. 다시 카메라는 남자의 등 뒤를 비추었다. 여자가 남자의 어깨에 손을 얹고서 위아래로 서서히 움직였다. 서로 마주 보고 있었기에 여자의 얼굴이 남자의 머리 사이로 나타났다 사라졌다. 미세한 신음 소리와 함께 여자는 사랑해, 라고 속삭였다.

지수야, 저거 너잖아. 엄마는 상기된 얼굴로 말했다. 지수도 자기라고 생각했다. 목소리도 똑같았다. 머리 모양도 지수였다. 영상을 멈추고 여자의 얼굴을 확대했다. 분명 지수가 맞았다. 콧등 위에 있는 조그만 점도 보였다. 영상을 처음부터 다시 돌려 봤다. 교실이었다. 지수가 교실에서 앉는 자리의 의자였다. 미친 변충 새끼, 지수는 혼잣말을 했다. 엄마, 저거 나 아냐. 나 믿지? 나 저런 적 없어. 말하는데 목소리가 차분히 가라앉았다. 또 왜 이래? 짜증이 났지만 순간 미연 언니가 떠올랐다. 미연 언니한테는 미안하지만 지금 이 시대에 태어나서 참 다행이라고 지수는 생각했다. 미연 사건 이후로 학교 폭력도 경찰에서 조사하고 절차도 간단해졌다. 전담 경찰관에게 동영상을 첨부하여 신고하면 그만이었다. 그러면 하루 뒤 영상 분석 데이터가 지수에게 전달될 것이었다. 그 속에는 유포자나 만든 사람의 이름도 기록되어 있을 것이었다.

지수는 혹시나 서동도 신고할 수 있는지 잠시 생각했다. 천 년도 더 지난 일이지만 다시 불러내서 처벌을 하고 싶었다. 서동의 딥페이크, 타닥…. 지수는 뮤지컬 대본을 쓰기 시작했다.

통증의 그림자

한영인(문학평론가)

해설

통증의 그림자

한영인(문학평론가)

1.

　노현수의 소설에는 극심한 통증에 시달리는 인물이 여럿 등장한다. 가령 표제작 「대리인」의 주인공은 어느 날 갑자기 "머릿속에 조그만 바늘이 돌아다니다 내키는 대로 막 찔러대고 있는 것 같"은 두통의 습격을 받는다. 병원에 가서 정밀 검사를 받아도 그 통증의 원인은 밝혀지지 않고 오히려 바늘로 찔러대는 것 같던 통증은 "칼로 긋는 것 같은 통증"으로 더 커질 뿐이다. 「팝업창」의 주인공 역시 "머릿속을 망치로 때리는 것 같은" "묵직한 통증"을 느끼며 잠에서 깨어나고 「기억의 침몰」의 주인공 역시 "심장이 깨지는 고통"을 이기지 못하고 바닥에 주저앉는다. 이 고통의 강도는 말기 암 환자의 투병기를 그리고 있는 「중첩」에 이르러 절정에 달한다.

　각기 다른 작품에 등장하니만큼 그 통증의 성격은 모두 다르다. 하지만 그 통증 사이에 존재하는 어떤 공통 지반을 상상하는 것이 불가능한 일도 아니다. 그 통증들은 언뜻 오늘날 한국 사회가 앓고 있는 병증과 무관하지 않아 보이기 때문이다. 노현수의 소설에 들끓고 있는 통증은 인간의 실존적 한계에서 비롯한다는 점에서 보편적이지만 동시에 오늘날 한국 사회가 앓고 있는 다양한 병폐로부터 발원한다는 점에서 특수한 역사성을 지니는 것이기도 하다. 고통은 인간이라면 누구나 피하고 싶어 하지만 동시에 살아 있는 한 반드시 겪을 수밖에 없다는 점에서 존재의 모순적 한계를 지시한다. 인간의 삶은 고통 없는 안락한 삶을 욕망하지만 동시에 그 욕망을 좇는 순간 마주할 수밖에 없는 고통이 존재한다는 점에서 모순적이다. 표제작 「대리인」의 주인공이 겪는 통증 역시 그와 같은 욕망의 모순에서 유래하는 것처럼 보인다.

「대리인」의 주인공은 한 은행의 감사팀에서 근무하는 과장급 직원이다. 그는 윗선이 승인한 해외 투자 건에 페이퍼 컴퍼니와 연루된 부당 대출 혐의가 있음을 발견하고 이를 감사팀장에게 보고한다. 하지만 얼마 지나지 않아 주인공은 이 대출이 감사팀장은 물론이고 해외투자전략 본부장과 행장까지 연루된 대규모 부패 프로젝트라는 사실을 알게 된다. 주인공과 가깝게 지내던 민수 선배는 이미 이와 유사한 부패 사안을 적발하고 내부 고발에 나섰다가 은행에서 잘린 상태. 이제 선택은 주인공의 몫이다. 자신의 든든한 뒷배가 되어 주는 해외투자전략 본부장과 함께 더러운 치부의 대열에 동참할 것인가. 아니면 민수 선배의 뒤를 따라 정의로운 내부 고발자가 될 것인가.

자신은 물론이고 가족의 미래까지 좌우할 결단을 앞두고 주인공은 극심한 두통을 경험한다. 그 두통은 이층 침대에서 쌔근거리며 자고 있는 아이를 대견스럽고 사랑스런 눈길로 바라본 뒤, 출근하려고 현관문을 여는 순간 엄습한다. 통증을 견디지 못하고 병원에 간 주인공에게 의사는 뇌에 아무런 문제가 없다며 단순한 신경성 두통이라는 진단을 내린다. 무엇이 그의 신경을 그토록 예민하게 짓누른 걸까? 앞서 말했듯 그 통증은 부패에 동참함으로써 세속적 치부의 길로 나아갈 것이냐 아니면 정의와 올바름의 편에 서서 내부 고발을 감행할 것이냐 하는 택일의 압력으로부터 온 것이다. 동시에 그 통증은 은행과 정치권, 국책 기관이 한패가 되어 벌이는 부패와 협잡이라는 한국 사회의 병증을 반영하는 것이기도 하다. 처음에는 은행 차원의 부당 대출 사안 정도라고 생각했던 일이 소설 말미에는 정부 차원의 부패 프로젝트임이 드러난다. 소설에 등장하는 볼리비아 광산 투자 건은 자연스럽게 이명박 정권 시기 국책 사업이라며 성가를 높였던 '자원외교'를 떠올리게 한다.("미래공사 이 차장도 최근 정부의 정책이 해외 자원의 개발에 있다면서 각 나라에 있는 유전과 가스를 직접 사들이고 있다고 했다.")

처음에는 인척이기도 한 해외투자전략 본부장의 부패 계획에 소극적 협력자의 태도를 보였던 주인공은 민수 선배가 살아 있을 당시 자신에게 보낸 은행의 비리를 증명할 자료를 받은 이후 마음을 돌린다. 주인공은 그 자료를 복사한 뒤 한 부는 "시민참여경제연대"에, 다른 한 부는 "자비로 권력층의 비리를 취재하고 다니는 월간 잡지의 기자"에게 보낸다. 주인공의 이와 같은 회심을 이끈 결정적인 이유는 그의 자녀들이다. 주인공은 자녀들에게 지금 그가 살고 있는 부패한 세계를 물려주고 싶지 않았기 때문이다. 자신이 침묵한 채 거대한 부패의 카르텔에 동참한다면 미래의 세계는 오늘의 부패한 문법을 되풀이할 뿐 그것을 끊어

내고 새로운 정의를 수립할 수 없다. 그렇다면 진흙탕처럼 혼탁한 세상에서 미래의 새로운 정의는 어떻게 실현될 수 있는가?

민수 선배가 주인공에게 들려준 갈라파고스 섬의 그랜트 핀치 새의 이야기에 그 단서가 숨어 있다. 핀치 새가 이종교배를 통해 몇 세대 후 생물학적으로 완전히 다른 종을 탄생시켰다는 이야기를 민수 선배가 들려주자 주인공은 이종교배로 태어난 종은 열성이라 생식 능력이 없다고 맞받아친다. 그러자 민수 선배는 "자연 상태에서는 환경적으로 강한 외부적 충격이 있으면 가능하다는 논문"을 인용하며 반박한다. 민수 선배의 뒤를 이어 주인공이 감행하려는 내부 고발이 이처럼 돌연변이를 가져오는 "강한 외부적 충격"이 될 수 있을까? 결과를 확신할 수는 없지만 적어도 주인공은 이제 자신의 머릿속을 누군가가 함부로 유린하는 것과 같은 통증으로부터 놓여날 수 있을 것이다. 비록 그로 인해 자신의 삶에 더욱 큰 고통이 찾아오더라도 적어도 그 고통이 낳는 통증은 그가 부패의 카르텔에 소극적으로 몸담았을 당시 마주했던 두통과는 다른 종류의 것임이 분명하다.

2.

「팝업창」의 주인공 상환이 대면하는 두통의 원인은 비교적 명확해 보인다. 졸업한 뒤 12년 만에 처음으로 초등학교 동창들을 만나 간밤에 마신 술이 남긴 진한 숙취가 바로 그것이다. 하지만 상환이 겪는 통증의 진짜 원인은 숙취에 있지 않다. 술은 시간이 지나 아세트알데히드가 분해되면 말끔히 사라질 테지만 상환이 가상 화폐 투자 사기로 날린 돈은 시간이 지나도 회복될 가망이 없는 까닭이다. 지금 그를 짓누르고 있는 두통은 코인 열풍을 타고 청년들을 한탕주의로 내모는 세태에서 비롯한다. 복학한 뒤 상환은 "코인으로 수천만 원을 벌었다는 친구들의 무용담"을 듣고 "수수료가 국내의 10분의 1"에 불과한 해외 코인 거래소에서 알트코인 투자를 감행한다. 초반에 기하급수적으로 돈이 불어나는 것을 본 상환은 "대학생 학자금과 생활비 대출", "카카오뱅크와 토스 비상금 대출"까지 모조리 긁어 투자한다. 거기서 그쳤으면 좋았으련만 상환은 자신이 관리하는 봉사 활동 동아리의 공금까지 손을 댄다.

하지만 그 코인 거래소는 가짜였고 상환이 불린 투

자금도 "사기 업체가 제작한 가짜 화면"이었다는 사실
이 밝혀지면서 상환의 부푼 꿈은 곤두박질치고 만다.
다른 돈은 그렇다 쳐도 당장 지원 가정 아이들에게 선
물할 물건을 사야 할 동아리 공금이 문제다. 상환은 횡
령한 공금을 다시 채워 놓기 위해 분주하게 돈을 빌려
보려 애쓰지만 모두 거절당하고 두려움과 절망에 빠
진다. 그 순간 그에게 한 줄기 빛과 같은 소식이 들려
온다. 그건 같은 동아리 회원 인균이 지원 가정 학생 혜
리에게 수학 과외를 해 주다가 성추행을 했다는 소식.
모두에게 불행한 소식이지만 상환은 오히려 그 사건
을 자신의 횡령을 은폐할 구실로 활용한다.("생각해 봤
는데 성추행한 놈이 사 준 노트북과 핸드폰으로 혜리
가 공부할 수 있겠어? (…) 그리고 손녀를 성추행한 놈
의 돈으로 산 전기요 위에 할머니가 누워 잠을 잘 수 있
겠어?") 상환에게 피해자의 수치심과 동아리의 존폐에
대한 염려 같은 것은 존재하지 않는다. 다만 "나의 잘
못을 숨길 수 있"다면 족할 뿐이다. 상환의 이런 태도
는 어느 순간 갑자기 생긴 것이 아니라 어린 시절부터
일종의 습관으로 자리 잡은 것이다. 바로잡지 못한 과
거의 잘못은 이제 그를 스포츠 도박이라는 다른 구렁

텅이로 몰아갈 예정이다. 상환이 "이 순간은 벗어났다는 안도감"에 행복하게 취해 있을수록 그가 미래에 대면해야 할 고통 역시 거대하게 자라나고 있다.

자신이 바라는 걸 얻기 위해 타인을 교묘하게 이용하는 세태는 「상식적인, 너무나 상식적인」에서도 나타난다. 이 작품에 등장하는 민우 아버지 최세창은 자폐성 발달 장애를 겪고 있는 아들이 당한 학교 폭력을 조사해 달라며 시위 중이다. 하지만 민우의 담임 선생님인 서수정이 조사한 결과 민우가 당했다고 주장하는 폭력의 구체적인 내용은 모호할 뿐이다. 하지만 "자기 입장에서 자기 의견만 고수하는 부류"인 최세창은 이런 설명에 납득하지 않고 교장실까지 점령해 자신이 원하는 처분을 강제하려 한다. 그러던 어느 날 최세창이 민우를 몰아붙이는 과정에서 민우는 통제력을 상실하게 되고 통제력을 잃은 민우가 서수정을 발로 차는 일이 발생한다. 서수정은 학생들이 모두 보는 앞에서 민우에게 맞았다는 충격으로 우울증에 걸리게 되고 교권보호위원회 소집을 요청하게 된다. 그로 인해 피해자에서 가해자로 위치가 바뀔 위험에 처한 최세창은 서수정에게 마음에도 없는 사과를 건네고 사태는 이렇게 흐지부지 마무리된다.

  얼핏 이 작품은 최세창과 서수정 사이의 갈등을 주요 축으로 삼고 있는 듯 보이지만 이 작품이 품고 있는 문제적 시선은 학폭위와 교권보호위원회 모두를 마뜩찮아하며 어떻게든 일이 커지지 않기만을 바라는 교감으로부터 발원한다. 마치 「팝업창」의 상환이 인균의 성추행을 자신이 처한 곤경을 빠져나올 기회로 삼는 것처럼 교감 역시 서수정이 당한 교권 침해를 최세창이 제기한 학폭위를 종결할 기회로 삼는다. 이 과정에서 서수정이 겪은 고통은 교감에게 아무런 인간적인 연민을 불러일으키지 못한다. 「팝업창」에서 성추행 당한 혜리의 고통이 서사 밖에 온존하듯 여기서도 서수정의 고통은 "서로의 입장을 이해하는 마음"과 "양보하는 마음"으로 작성된 합의서의 바깥에 존재한다. 이 작품의 제목이 지시하는 '상식'은 이렇듯 자신의 이익을 극대화하는 데 최적화된 행동 양식을 일컫는다. 하지만 앞서 「대리인」에서 살펴보았듯 그와 같은 행동 양식은 훗날 "칼로 긋는 것 같은 통증"으로 회귀할 가능성이 크다.

3.

이제 통증의 절정으로 들어갈 차례다. 「중첩」은 날렵한 문장이 통증의 무게를 고스란히 감당하며 실어나르는 작품이다. 폐암 4기 진단과 함께 길어야 일 년이라는 시한부 판정을 받은 암 환자의 양생기를 그리고 있는 이 작품은 인간이 감당하기 힘든 고통과 마주하는 순간 발생하는 고독함을 핍진하게 그려내고 있다. 암 판정을 받은 후 "치료라는 명목으로 머리를 삭발한 채 방사능을 쪼이면서 병원에서 죽고 싶지" 않았던 주인공은 "한의사가 설립하여 운영하면서 정기적으로 진료도 겸하는" 한 자연치유원에 들어간다. 얼마 뒤 치유원 근처에 집을 얻어 독립한 그는 그곳에서 자신만의 양생법을 계발해 나간다. 신선한 채소를 갈아마시고 현미밥이 입 안에서 죽이 되도록 천천히 씹어 삼키며 맨발 걷기를 하면서 산란한 마음을 다스린다. 그가 아침에 일어나 수행하는 이 일과들을 차분히 따라가다 보면 의외의 평안함을 맛보게 된다. 아마도 그건 그가 세속의 번다한 욕망으로부터 얼마간 놓여나 자연의 법칙에 순응하는 마음을 지니게 되었기 때문일 것이다. 하지만 그건 환한 낮의 이야기일 뿐 밤이 되면 다시 극심한 통증이 그를 찾아온다.

다리에서 골반으로 통증이 올라온다. 망치로 뼈를 두드리는 것 같다. 점점 속도가 빨라지더니 이번에는 돌로 가슴을 강하게 누른다. 또 기침이 터진다. 몸을 웅크리고 방 안을 뒹군다. 꽉 깨문 이 사이로 비명이 흘러나온다. 이런 고통은 겪을 때마다 새롭다. 익숙해지지가 않는다. 참을 수가 없다. 기어서 진통제를 찾아 급히 먹는다. 어지럽다. 머리에서도 통증이 느껴진다. 누군가 뇌를 손으로 잡고 찢는 것 같다. 감은 눈에서 번개가 치듯 빨간불이 번쩍인다. 통증이 내 몸 곳곳을 동시에 두드리고 찢고 공중에서 돌린다. 차라리 기절이라도 하고 싶다. 깨어 있는 것이 너무 고통스럽다. 주먹에서 땀이 흘러나온다. 암세포가 동시에 미쳐 날뛰는 것 같다. 아, 그러지 마, 내가 죽으면 너도 죽잖아, 말이 입 밖으로 나오지 않는다. 정신이 흐려진다. 다시 진통제를 찾아 마른침과 함께 삼킨다. 몸에서 힘이 풀린다. 하지만 아픔은 그대로다. 이불 위에 드러눕는다. 무방비 상태다. 암세포는 더 격렬하게 내 몸을 찢고 때리고 쑤시고 있다. 이젠 참을 힘도 없다. 있는 그대로의 통증을 온몸으로

받아낸다. 신음 소리도 나오지 않는다. 시간이 얼마

나 지났을까, 정신이 아득해진다.

—「중첩」부분(199~200쪽)

투병 중인 암 환자가 겪는 통증을 이처럼 구체적으

로 묘사한 작품은 드물다. 우리는 노현수의 이와 같은

절절한 묘사를 통해 축복이자 동시에 저주인 살아 있

음의 의미에 대해 곰곰이 생각하게 된다. "대변을 볼

수 있는 것이 살아 있다는 증거"라는 주인공의 말처럼

통증 역시 우리가 아직 죽지 않고 살아 있는 육체를 지

니고 있음을 명백하게 증명하는 근거일 것이다. 그래

서 주인공이 겪는 극심한 통증은 죽음의 임사 체험이

라기보다는 삶의 마지막 절정처럼 느껴지기도 한다.

주인공은 "생살을 가르고 함부로 헤집는 것 같은, 부러

지지 않을 만큼 망치로 뼈를 두드리는 통증"이 엄습할

때는 "차라리 죽는 것이 낫지 않을까" 하는 극단적인

생각까지 품지만 "통증이 사그라지고 쪽잠이나마 자

고" 난 뒤엔 "하루라도 더 살고 싶은 욕구"가 솟아오른

다고 고백한다. 어쩌면 그 선명한 고통이 지나가고 난

뒤 폐허가 된 몸과 마음에 남은 생을 향한 의지야말로

인간이 지닌 끈질긴 생명력의 근원인지도 모른다.

　세월호 사고로 손자를 잃고 지금은 치매에 걸려 자신의 기억마저 잃어 가고 있는 한 노인을 주인공으로 하는「기억의 침몰」에서 작가는 주인공이 수첩에 적은 글을 빌려 기억이 가진 힘을 다음과 같이 전하고 있다. "기억은 힘이 세다. 기억하고 있는 사람의 감정을 울리기 때문이다. 그래서 다시 살아나 행동하게 만든다. 한 사람이, 하나의 집단이, 하나의 공동체가, 하나의 나라가 기억하면 그 힘이 진실에 닿는다." 세월호 참사를 잊지 않고 기억하려는 마음과 직결되는 말이지만 이때 기억 대신 통증이라는 단어를 넣으면 이 소설집을 관통하는 하나의 전언이 완성된다. 통증은 힘이 세다. 인간과 사회가 앓고 있는 병증의 진실을 더욱 밝고 환하게 비추어 주고 있기에 그렇다.

작가의 말

첫 소설집이다. 처음이라는 말 안에는 설렘이 들어 있다. 습작을 벗어난 첫 단편의 제목이 '이카로스의 날개'였다. 그렇게 두근거리는 마음으로 소설이라는 미지의 세계를 보고 느낀 시간들을 모아 본다.

소설은 항상 내게 무거운 짐이었다. 이것만 내려놓으면 편하게 살 것 같은데, 그래서 몇 년 동안 애써 무시한 적도 있었다. 하지만 소설은 날개를 감추고 내 옆에 웅크리고 있었다. 가슴 한편에서 가만히 나를 바라보고 있었다. 어둠을 응시하는 맹수의 눈처럼 섬뜩했다. 외면하는 순간, 날카로운 공격에 만신창이가 될 것이었다. 힘겹게 다시 날개를 폈다. 아직까지는 무겁지만 그래도 견딜 만은 해서 다행이다. 소설의 힘을 믿는다. 그 힘으로 가벼워진다면 아주 멀리, 우주까지라도 날아가고 싶다. 가서 티끌 같은 지구를 확인하고 다시 돌아와 이 지구에 사는 사람들을 관찰하고 싶다. 그들의 삶 속으로 들어가 눈에 보이지 않는 마음까지 아주 세세하게 이야기할 것이다.

늦었지만 끝이 없는 처음처럼, 추락이 없는 날개처럼 묵묵히 나아가겠다.

사람들의 고마운 마음들이 내 주위를 감싸고 있다는 것을 느낍니다. 내 삶의 거대한 버팀목으로 든든하게 자리를 지켜 주고 계신 어머니, 아들로서 존경합니다. 어머니의 무한한 사랑에 대한 작은 보답으로 이 책을 바칩니다. 항상 지지해 주고 격려해 주는 아내와 아들에게도 감사의 마음을 보냅니다. 기꺼이 추천사를 맡아 주신 이성모 선생님, 더 좋은 소설로 선생님의 은혜에 보답하겠습니다. 만나면 항상 즐거운 '쏠아그데', 그대들의 진심 어린 조언으로 많은 도움을 받았습니다. 해설을 맡아 주신 한영인 평론가, 애정으로 읽고 작업해 준 걷는사람 편집부에도 깊은 고마움을 전합니다.

2024년 가을
노현수

대리인

2024년 9월 30일 초판 1쇄 펴냄

지은이	노현수
펴낸이	김성규
편집	김안녕 조혜주 한도연
디자인	신혜연
펴낸곳	걷는사람
주소	경기도 용인시 기흥구 동백중앙로 358-6, 7층 (본사)
	서울시 마포구 월드컵로16길 51 서교자이빌 304호 (지사)
전화	031 281 2602 / 02 323 2602
팩스	02 323 2603
등록	2016년 11월 18일 제25100-2016-000083호

ISBN   979-11-93412-52-7 03810